PASSAGE DE L'UNION

CHRISTOPHE JAMIN

PASSAGE DE L'UNION

roman

BERNARD GRASSET
PARIS

ISBN 978-2-246-82675-0

NOTE AU LECTEUR

Les faits exposés dans les pages qui suivent sont exacts, mais n'étant ni écrivain ni romancier, je les ai relatés comme j'ai pu, avec mes propres mots, ce qui peut parfois donner l'impression d'une relative imprécision. C'est une question d'écriture, ou de style si l'on veut, qui n'a rien à voir avec la vérité ou une quelconque volonté de ma part d'en dissimuler certains aspects. Comme le lecteur le comprendra à la fin de ce livre, je ne peux cependant plus y revenir pour retrancher ici une phrase ou ajouter ailleurs un détail qui aurait pu être utile à la compréhension de cette curieuse histoire. Il faut donc prendre ce qui suit comme un tout et se borner à me croire, aussi surprenant que cela puisse paraître.

« On aimait Modiano autant l'un que l'autre. Sans doute pour les mêmes raisons. Des personnages en apesanteur sociale, des personnages qui s'en vont ou au contraire qui reviennent longtemps après. Mais ces retours ne sont pas pour autant des retrouvailles, non, ils sont juste un autre nom de l'absence, une autre manière de ne plus être là. »

Jérôme Leroy, *Un peu tard dans la saison*,
La Table Ronde, 2017, p. 82

« Je m'étonnais de ce retour du passé dans le présent, et je me disais que la vie est un grand artiste, qui ménage ses effets, joue avec la mémoire et l'oubli, fait ressurgir des personnages, efface le temps, et soudain les recrée et en fait un gouffre. »

José Cabanis, *Les cartes du temps*,
Gallimard, 1962, p. 169

Dimanches d'août

Il y a longtemps, j'avais pris l'habitude de me promener seul la nuit dans Paris. C'était à peu près au mitan des années quatre-vingt. Je dînais assez souvent chez une cousine germaine qui habitait une soupente, un deux-pièces du boulevard Saint-Germain, non loin de la brasserie Lipp, à la verticale d'un magasin de vêtements suédois dont l'enseigne bleu et jaune me servait de point de repère. Nous nous y retrouvions une ou plusieurs fois par semaine. Parfois tous les deux, souvent plus nombreux. Dans un fouillis de coussins, de tissus en cachemire, de vieux meubles de famille, d'ustensiles en tout genre, toujours de seconde main, que complétaient des livres, en grand nombre, de tous les styles et de tous les formats, un amas de livres dans lequel j'avais le droit d'aller puiser. Des livres dont les titres, parfois étranges, ne me reviennent plus à la mémoire mais où il était déjà question, sans que j'y prenne garde, de fleurs de ruine ou de remises de peine…

D'un milieu bourgeois dont elle avait du mal à se défaire, ma cousine aimait cuisiner, et chez elle on mangeait plutôt bien. On y discutait aussi, souvent de choses qui me paraissent aujourd'hui insignifiantes. Les gens que j'y croisais étaient toujours aimables, rarement intéressants. Ils étaient comme moi, ils se cherchaient, comme on dit, sans être trop pressés par des questions d'argent. Plus tout à fait étudiants, pas encore pleinement dans le monde du travail. Plutôt dans un entre-deux, en attente d'être saisis par la vie qu'on dit active. Dans mon souvenir, on y buvait aussi pas mal, peut-être pour s'encourager à tenir un peu plus longtemps. Mais venait toujours le moment, le plus tard possible, où il fallait se quitter et partir.

Rentrer chez moi dans la chaleur de la nuit était devenu un plaisir. Je commençais souvent par flâner au drugstore Publicis, qui existait encore à l'angle de la rue de Rennes. Au sous-sol, il y avait une librairie qui demeurait ouverte jusqu'à deux heures du matin. On y croisait des insomniaques, des étudiants, quelques vieilles personnes, un peu tous les genres à vrai dire. Des gens qui y cherchaient un livre, un magazine, ou rien de précis. Ils y venaient en suivant un rituel. Après un dîner, un spectacle, une journée de travail, avant de reprendre leur chemin. Il me fallait aussi en passer par là, attiré par mon goût des livres et de la flânerie. Et puis je remontais à la surface, souvent sans avoir fait le moindre achat, et commençais ma longue marche. Je m'arrangeais pour rejoindre au plus vite la rue de Grenelle. À cette heure, je n'y croisais à peu près personne, parfois une jeune femme dont j'entendais claquer la pointe des talons avant qu'elle disparaisse, ou alors un homme dont le costume gris me faisait penser qu'il devait être d'un certain âge. De mes vingt ans, j'admirais chaque façade, celles des vieux immeubles et des hôtels particuliers, mais aussi leurs portes d'entrée en bois sculpté, majestueuses et closes. Et je rêvais, sans savoir si un jour elles s'ouvriraient à moi.

Puis je traversais l'esplanade des Invalides, trop blanche, trop vaste, imposante et bourgeoise, bruyante aussi, même aux heures avancées de la nuit, avec son cortège discontinu de voitures allant d'un lieu à un autre, traversant la Seine ou s'enfonçant vers Montparnasse. J'avais hâte de retrouver l'autre partie de la rue de Grenelle, à nouveau silencieuse et plus sombre, qui menait au Champ de Mars. Encore quelques centaines de mètres et je me rapprochais enfin de l'étroit passage de l'Union, parallèle à l'avenue Bosquet.

Quelques années auparavant, mon père m'y avait acheté un studio au troisième étage d'un immeuble en briques rouges, dans cet endroit silencieux et plutôt moins chic que le reste du quartier, une rue qui n'en avait pas l'apparence où je m'engouffrais en passant sous un porche discret. C'était, disait-il, pour m'installer dans la vie. Drôle d'expression. Il est vrai qu'il était devenu adulte à une époque, les années cinquante aujourd'hui oubliées, où l'on s'établissait, trouvait une situation et se mettait en ménage. Peut-être à cause de la guerre qu'il avait vécue enfant, et plutôt mal, mon père rêvait de stabilité et ne souhaitait qu'une chose : que je réussisse à m'insérer dans le même monde que lui. Comme si toutes les générations devaient aspirer à se succéder à l'identique. Après une enfance lisse et somme toute heureuse, j'étais donc devenu un étudiant docile. La faculté de droit où il m'avait inscrit faute de mieux devait me mener vers la pratique des affaires, les siennes ou celles de ses amis. Il ne savait pas, du moins je le pensais à l'époque, que je fréquentais déjà le Palais de Justice.

J'y passais une partie de mes journées à traîner parmi les salles d'audience, celles des chambres correctionnelles, dans cet entresol gris et sombre qui longe les quais de Seine. J'y croisais toutes sortes d'individus que je n'avais jamais eu l'occasion de fréquenter plus jeune : petits truands, escrocs douteux, veuves éplorées, enfants tristes, éclopés de tout acabit, qui faisaient ressembler les tribunaux à des hôpitaux, mais aussi badauds qui passaient là une bonne partie de leur temps, pour voir ou se chauffer, s'instruire et commenter. Jouir du crime et s'en abstraire, comme l'avait écrit un ténor du barreau. Était-ce dans *Le désir de punir* ou *Le crime en toute humanité* ? Une chose était certaine : déjà cette marge me fascinait. Mais à mon père et ses amis, j'avais décidé de ne rien dire. Aussi avais-je pris à cette époque l'habitude de jouer double jeu.

À force de traîner au Palais, j'avais fini par y faire la connaissance d'une jeune femme blonde qui y traînait aussi. À la peau très pâle, petite et frêle, mais non dénuée de charme, elle m'avait très vite dit qu'elle voulait devenir journaliste en souvenir d'un grand-père qu'elle n'avait pas connu. Un talent dévoyé mort à la Libération, avait-elle ajouté sans même que je l'interroge. Et comme elle souhaitait couvrir les faits divers, nous avions décidé de nous donner rendez-vous certains après-midi. Peut-être aussi avait-elle été attirée par mon imposante stature qui lui donnait l'impression bienfaisante d'être protégée. Nous restions alors des heures assis l'un à côté de l'autre dans des salles d'audience correctionnelles à écouter l'énoncé de vies mornes et inutiles, entendre des plaideurs mal préparés et des appréciations de juges qui s'en prenaient souvent à des délinquants dont, malgré leurs efforts, ils ne parvenaient à peu près jamais à se faire comprendre. Mais qui comprend vraiment le langage du droit et des juges sans y avoir été sérieusement initié ? Et celui de la morale quand on appartient à des milieux si différents ?

En fin de journée, nous avions pris l'habitude de nous échapper de ce monde en nous installant à la terrasse d'une brasserie de la place Saint-Michel, toujours la même, avant que je l'entraîne un jour passage de l'Union où elle avait fini par s'installer. Elle s'y trouvait ce soir d'été où j'étais rentré tard d'un nouveau dîner chez ma cousine. Ne m'ayant pas attendu, elle s'était assoupie sur le lit où je la rejoignais pour tenter de dormir à mon tour. Mais c'est alors que j'entendis un bruit venant de l'extérieur. En raison de l'extrême chaleur, sèche et accablante, la fenêtre était restée ouverte, un simple voilage nous protégeant de l'extérieur ; je le soulevai légèrement pour tenter d'en repérer la provenance. En bas, presque sous le porche qui séparait l'étroit passage de la rue, je vis un homme qui semblait avoir fait tomber quelque chose. Alors qu'il se redressait, son regard croisa le mien. Surpris de me voir, il disparut après quelques instants sans que je puisse vraiment distinguer autre chose que son allure peu commune.

Comment expliquer que, les jours qui suivirent, je n'arrivais pas à oublier son existence ? Après tout, je l'avais à peine vu ;

mais peut-être avais-je perçu dans son regard quelque chose de troublant. Non qu'il me fît peur, c'était plutôt sa propre inquiétude qui m'avait surpris. Comme si je l'avais dérangé alors que je ne l'aurais pas dû. Il m'en restait une impression étrange, un sentiment de malaise peut-être, mais indéfinissable et qui, si je décidais d'y réfléchir un peu, n'avait pas de raison d'être.

Ma vie avait donc repris son cours, avec mes dîners, mes flâneries au Palais de Justice, ma vie banale d'étudiant et mes fins de journée passées dans les brasseries. Et puis un jour, c'était une fin d'après-midi, alors que je ne m'y attendais plus, je le croisai à nouveau. M'étant réfugié dans une librairie, non loin du quai Conti, pour tâcher d'y trouver un peu de fraîcheur, je déambulais entre les rayons. Il était là, au fond de la boutique qui n'avait rien d'obscure, cherchant manifestement quelque chose au rayon des rêves et des sciences occultes. Je l'observai un moment. Brun, mince, dans la force de l'âge, comme on dit, à peu près la quarantaine, assez mal habillé, avec un pantalon de toile beige trop court, une chemise ouverte et une veste froissée qui semblait être en lin. Il avait l'air traqué, regardant partout aux alentours, prenant un livre entre ses mains, le feuilletant un instant avant de le reposer au hasard. Et puis il me vit. Lui aussi me reconnut. Je compris qu'il allait essayer de m'éviter et de s'enfuir, mais il n'avait nulle part où aller sans me croiser d'abord. Je le regardai tenter de s'en sortir ; il ne le pouvait pas vraiment. Après quelques instants, il finit donc par s'approcher de moi. Je compris que nous faisions décidément la même taille. Il m'en fit la remarque. « Je peux vous adresser la parole droit dans les yeux, sans avoir à me baisser, me dit-il avant d'ajouter : c'est rare… » Je n'aurais jamais imaginé qu'il me parlerait, surtout d'un sujet aussi banal. Soudain, il se détendit et m'offrit un tout autre visage : je lui avais souri.

Une heure plus tard, nous étions encore assis à la terrasse d'un café. Je voulais le questionner sur sa présence, l'autre nuit, sous le porche en face de mon studio, mais je compris vite qu'il n'était pas du genre à répondre à un interrogatoire. Il me demanda ce que je faisais dans la vie. Lui-même, me dit-il, avait tenté d'être étudiant, à une époque qui lui semblait lointaine, dans les années soixante. Je lui livrai quelques mots sur mes études de droit. Il ne comprit pas l'intérêt que je pouvais y trouver : le droit, pour lui, c'était avant tout des papiers, des fiches, de multiples fiches, des tampons, des classeurs, des signalements, des recoupements, une lumière crue posée sur des faits, tous les faits, et peut-être à la fin des vies brisées. Je compris qu'il n'aimait pas l'ordre.

Mais que faisait-il aujourd'hui ? Pas grand-chose à l'entendre. Il touchait un peu à l'écriture, me dit-il en souriant. Mais l'écriture ne rapportait guère. Il avait bien tenté de rédiger des textes de chansons il y avait longtemps, en espérant un succès, mais de succès il n'y avait pas eu. Même si ses tentatives lui avaient apporté d'autres satisfactions en lui permettant de croiser quelques vedettes, celles d'une époque révolue. Mais les yéyés s'en étaient allés, alors il s'était mis au roman. Au début dans un style lyrique, comme on le fait quand on est jeune et qu'on croit encore que les mots changeront le monde, puis plus poétique au fil des ans, voire brumeux ou vaporeux pour ses critiques. Mais les livres se vendaient à peine plus que les chansons. Surtout que les siens étaient assez minces, et traitaient toujours des mêmes thèmes qui n'intéressaient plus guère. Quel lecteur voulait encore qu'on lui parlât des années noires, celles de l'Occupation ? Quant aux années soixante, que représentaient-elles pour les générations nouvelles ? Elles avaient disparu de notre mémoire, nous n'en retenions qu'un mois de mai, celui d'une révolte plutôt festive et insouciante d'une certaine jeunesse. Et puis l'errance qui constituait souvent la trame de ses romans ne donnait pas le moral. Ce qu'il fallait aujourd'hui, c'était des intrigues, des rebondissements, du mouvement, de l'action. Surtout pas de nostalgie et trop d'incertitudes. Du bruit et de la fureur. « *Les villas ne doivent plus être tristes* », me dit-il d'un ton énigmatique et amusé, avant d'ajouter qu'en toute hypothèse il avait bien du mal à écrire, que l'écriture était une souffrance, nécessaire peut-être, mais une souffrance tout de même. D'ailleurs, il n'écrivait jamais plus d'une heure ou deux par jour. Son vrai plaisir, le seul peut-être, c'était de se promener, flâner, observer la ville, arpenter des quartiers perdus, s'imprégner des mystères de Paris, lier le présent au passé, retrouver des traces à peu près invisibles… Et surtout lire, lire tout ce qui lui tombait sous la main : des livres certes, des romans, des récits, mais surtout des catalogues, des annuaires, des plans, oui de vieux plans avec leurs rues, leurs avenues, leurs squares et leurs impasses. Qu'étaient devenus leurs habitants, quels événements avaient marqué leurs vies, qui avaient-ils aimé, pourquoi s'étaient-ils séparés, avaient-ils disparu trop tôt ou vécu trop longtemps ? Suffren 00 60 : un numéro de téléphone pris au hasard et vu comme une énigme à résoudre. Peut-être le point de départ d'une enquête. Qui sait ?

« Je m'arrête, me dit-il soudain. Je vous en ai trop dit, et mal, car si je crois savoir à peu près écrire, la parole n'est pas mon fort. Et puis vous savez, ce que je préfère, en définitive, c'est ne rien faire, ne rien dire, rester chez moi, dans mon appartement de la rue Bonaparte, allongé sur mon canapé rouge, en silence, et rêver. Nous ne rêvons pas assez, nous voulons de l'ordre, de la clarté, des certitudes, nous ne laissons pas les choses se faire. Vous n'aimez pas cette expression, elle ne vous amuse pas : *laisser les choses se faire* ? » Je ne répondis pas à cette question qui ne m'en semblait pas une. Alors après avoir une dernière fois scruté l'expression de mon visage, il se leva, se remit en marche, s'éloigna, puis disparut.

Ce fut notre seconde rencontre. Y en aurait-il une troisième ? À cet instant, je ne le savais pas encore. Mais j'étais bien décidé à lire ses livres. Nous n'étions pas loin des berges de la Seine et de ses bouquinistes. Peut-être allais-je trouver chez eux un ou deux volumes qu'il avait publiés. Cependant je réalisai que je ne connaissais pas son nom. Qui était-il ?

Je décidai de débuter mon enquête en visant celui des vendeurs qui, dans la longue boîte verte à demi fermée lui servant de présentoir, avait choisi de ne pas remplacer les livres par des estampes, des reproductions d'affiches ou des babioles de bazar plus directement destinées aux touristes. Il y avait là des livres de poche, des ouvrages *in quarto* avec leurs reliures rouge et or, de celles qui avaient fait le bonheur de nos arrière-grands-parents quand ils étaient enfants et surtout bons élèves, de vieux magazines, des essais, des romans, des livres de souvenirs, des atlas, bref tout un bric-à-brac, un grand fouillis où l'on pouvait avoir du mal à se repérer, seul un petit nombre d'ouvrages ayant été classés après avoir été entourés d'une fine pellicule de plastique transparent avec, sur la tranche, le nom de l'auteur écrit au feutre noir. Et assis sur un pliant, devant cette masse compacte, il y avait un homme, l'air fatigué, les traits accusés, avec une barbe de quelques jours, à une époque où elle n'était pas encore à la mode, et qui portait, vissée sur le crâne, une casquette bicolore, et au coin des lèvres une cigarette : le bouquiniste.

Selon une manière française, je commençai par m'excuser : j'ai besoin d'un renseignement, je voudrais acheter certains livres, mais hélas je ne connais ni leurs titres ni le nom de leur auteur. Seule certitude : il s'agit de romans. Ce qui permettait déjà un premier tri, mais sans être d'une grande utilité. Autrement dit une précision, lâchée trop vite, qui n'en était pas vraiment une. « Continuez, je vous écoute », me répondit mon interlocuteur, avec l'air las de celui qui doit chaque jour répondre aux questions de ces fouineurs amateurs à peu près ignorants de ce qu'ils cherchent. Je ne pouvais lui faire qu'une description physique de l'auteur que je venais de quitter : un homme de grande taille, à la chevelure noire, qui parlait d'une voix douce et posée, mais avait toujours un peu de mal à former des phrases, ne les finissait à peu près jamais, hésitait sur le choix des mots, sans pourtant qu'on puisse parler de bégaiement, un homme qui paraissait emprunté, ou plus exactement gêné d'avoir à vous parler. Et un romancier – il tenait à ce titre – qui n'écrivait que sur les périodes troublées, oui c'est cela *troublées*, les années de guerre, en somme.

Je n'eus pas à en dire plus. Le bouquiniste à la casquette m'arrêta d'un geste de la main et me sourit, l'air cette fois tout à fait moqueur, semblant me dire : votre auteur, nous le connaissons tous ici, sur les bords de Seine, non loin du quai où il vécut enfant avec sa mère, car son trafiquant de père au pedigree douteux, mieux vaut l'oublier, mais bon je vous pardonne de ne pas savoir son nom, et aussi manifestement de ne l'avoir jamais lu, car vous êtes encore jeune. La littérature, surtout celle-ci, c'est une affaire de vieux, n'est-ce pas ? « Je sais de qui vous me parlez », me lâcha-t-il. Et il sortit de la grande boîte aux livres deux minces volumes de la collection blanche, deux livres parus à dix ans d'intervalle. Sans plus me souvenir que ces livres aux titres étranges, je les avais un jour empruntés à ma cousine, je les achetai sans même en négocier le prix ; j'avais trop hâte de les lire. Nous étions un dimanche d'août et le début d'une longue soirée s'annonçait avec encore cette même chaleur pesante, sans plus un souffle de vent. Je décidai de rentrer chez moi. Ne me suffisait-il pas de longer les quais puis de remonter l'avenue Bosquet ?

Le lendemain, aux premières lueurs du jour, allongé seul sur mon lit, je finis par m'assoupir. Pendant quelques heures, je n'avais plus été vraiment là. J'avais en quelque sorte basculé, changé d'époque et rejoint son univers : celui de l'Occupation ou de la guerre d'Algérie, et toujours dans Paris.

L'homme que j'avais déjà croisé deux fois en quelques jours, qui m'avait observé puis parlé, ne m'avait donc pas menti : il était romancier. Mais aux livres sans intrigue, qui ressemblaient plutôt à des flâneries, sur des quais brumeux, ou alors en plein soleil, au milieu de quartiers périphériques, le long des boulevards de ceinture, de ceux qui permettent de ne pas être au cœur des villes, ni non plus en dehors, mais plutôt dans un entre-deux qui autorise à conserver un peu de liberté à la seule fin de pouvoir s'enfuir s'il le faut, et disparaître. Des romans qui se situaient aussi durant les nuits de couvre-feu, dans de vastes appartements aux volets clos où se croisaient des individus aux noms étranges, mi-levantins, mi-flamands, et dont on ne comprenait pas toujours ce qu'ils faisaient là, certains respectables, la plupart trafiquants – et à peu près tous sans envergure. Ces gens, qui étaient-ils ? Je veux dire *pour de vrai*. L'auteur ne nous le disait jamais ; il semblait même prendre un malin plaisir à ne jamais l'écrire. C'était comme un jeu de piste. À nous de nous en sortir, de résoudre l'énigme à partir d'un mince faisceau d'indices. Il jouait avec nos nerfs, mettait notre patience à l'épreuve, j'en étais sûr.

Pourquoi agissiez-vous ainsi et quels comptes cherchiez-vous à régler ? Et qui était cet Eddy Pagnon dont le nom, cité à plusieurs reprises, ne m'était pas inconnu ? Et rappelez-moi aussi celui de cette jeune comédienne, qui avait un jour écrit sur sa *drôle de vie* et que j'aurais pu rencontrer avec vous à Jouy-en-Josas, ou peut-être même quai Conti ? Après d'autres lecteurs, j'étais à mon tour mal à l'aise. Je ressentais l'étrange impression d'être en présence de mon double... Avions-nous partagé un jour le même rêve : aviez-vous, sans âge, erré dans cette ville d'un Sud lointain en compagnie de l'évanescente et belle Mireille Balin et craint avec elle *cette étonnante faune de la casbah* ? Pépé le Moko vous disait ainsi quelque chose alors qu'il n'évoquait plus rien, pour personne, et depuis longtemps ? Et qu'alliez-vous faire rue de Courcelles quand venait le soir ? Pourquoi tant de références à « la carlingue » ? Et pourquoi ressentais-je comme vous cette étrange présence du passé, les ondes faibles mais certaines qu'il me renvoyait, spécialement dans les halls d'entrée aux marbres clairs de ces immeubles d'entre-deux-guerres où j'appris, à vous lire, que nous nous infiltrions parfois l'un et l'autre, ces halls qui avaient connu tant de passage et de violence sourde, de dénonciations et de trafics aussi, durant ces quatre années si sombres ? Et pourquoi étaient-elles si intensément sombres, pour vous comme pour moi ?

Vous ne m'auriez donc pas choisi au hasard… C'était comme si vous aviez mis sur le papier des sensations diffuses que je ressentais depuis l'enfance, sans jamais pouvoir les exprimer, peut-être parce que je les avais enfouies – si profondément. Avant de m'assoupir ce matin-là, qui avait suivi une première nuit de lecture, elles étaient revenues à la surface. J'avais déjà tant de questions à vous poser… Et d'abord celle-ci : pensez-vous que nous aurions pu nous croiser sur la place de l'Étoile, là où, pour vous, tout a commencé ? Mais à cette question, vous n'eûtes hélas pas l'occasion de répondre, car je ne vous revis plus. Ces années-là, il n'y eut pas de troisième fois.

La place de l'Étoile

Dix ans peut-être avaient passé. Mes promenades seul dans Paris la nuit avaient peu à peu cessé. J'étais en train de devenir un homme pressé, malgré moi. J'avais bien tenté de résister, mais ce n'était plus possible. La rue de Grenelle, si longue et si peu sinueuse, c'était en voiture que je la prenais maintenant. Je n'en percevais guère les couleurs et les bruits ; les talons hauts et fuyants des jeunes femmes perdues n'avaient plus lieu d'y résonner. Je songeais moins à ma cousine, à ses amis et à nos soirées que nous voulions sans fin. Je tâchais aussi d'oublier le passage de l'Union, la jeune femme blonde et frêle qui l'occupait n'y était plus. Elle et moi, nous nous retrouvions seulement pour déjeuner, à intervalles irréguliers et toujours dans un même restaurant un peu froid qui avait succédé à nos bruyantes brasseries. Et c'était chaque fois pour le même motif : nous voulions échanger des informations ou recueillir un point de vue, sur un avocat, un juge ou une affaire en cours ; en un mot, notre relation était devenue *professionnelle*. À force d'errer ensemble dans le Palais de Justice, ses galeries et ses salles d'audience, elle avait fini par trouver une place de pigiste, à la rubrique des Faits divers, quelque part du côté du boulevard Ornano, et moi par exercer la défense, comme on dit. J'étais devenu avocat.

Loin du monde des affaires, j'avais enfin trouvé ma voie, disait ma mère qui s'amusait parfois à me rappeler ces quelques mois où j'avais eu le courage d'accomplir un même long trajet, empruntant l'une après l'autre trois lignes de métro, pour me rendre au cimetière du Père-Lachaise. Chaque semaine, le long du mur d'enceinte de sa 79e division, j'avais décidé d'y fleurir d'une rose, toujours rouge, une tombe, celle d'un avocat dont j'avais souvent entendu le nom dans mon enfance. « Le meilleur de sa génération », précisait alors une de mes tantes, en pensant à l'admiration que lui portait mon grand-père, lui-même ancien avoué dans une ville de province. René Floriot… sa gouaille, ses cheveux gominés ramenés vers l'arrière, ses épaisses lunettes d'écaille, et sa robe noire à rabat blanc qui me fascinaient tant quand je feuilletais les magazines où je le voyais parfois, photographié à l'issue d'un quelconque procès, souriant mais grave. On disait qu'il travaillait peu ses dossiers mais se souvenait de tout, ne rencontrait jamais ses clients mais dominait l'audience. Otto Abetz lui devait la vie, quelques criminels de guerre aussi, et ceux qu'on appelait des collaborateurs. Avec le temps, oubliant les faubourgs, les petites gens et son milieu d'origine, il avait choisi la défense des riches et des parties civiles. Qui était-il vraiment cet avocat célèbre ? Un parvenu ? Un opportuniste ? Un jouisseur ? Ou alors un homme qui voulait *prendre sa revanche* ? Je ne le savais pas exactement, mais ce n'était pas très important ; je l'avais choisi comme héros, par piété familiale, le temps d'un concours, celui de la conférence des avocats au barreau de Paris. Et cette rose hebdomadaire constituait le prix superstitieux de ma réussite : peut-être m'avait-elle permis d'être élu parmi les douze secrétaires qui, dans les impressionnantes cours d'assises, plaideraient bientôt des affaires criminelles, après avoir été commis d'office pour des clients obscurs, comme ailleurs, dans les salles froides et anonymes des hôpitaux, les jeunes médecins se font la main sur les moins fortunés des patients.

Plaider, plaider encore, plaider chaque jour, et toujours dans les mêmes salles d'audience à l'architecture lourde et grandiose, assister mes premiers clients, attendre avec eux dans les galeries des juges d'instruction en essayant de les réconforter après qu'ils avaient passé de longues heures en garde à vue dont ils étaient sortis épuisés et défaits, parfois brisés, sales et mal rasés, discuter aussi avec le gendarme qui les escortait, pour essayer de lui tirer quelques informations, des bribes d'explication, ou alors consulter un dossier, plus ou moins épais, le feuilleter, y chercher des éléments à décharge ou des erreurs de procédure, prendre des notes, et attendre à nouveau. Des heures à attendre, toujours. La vie du Palais…

Il y avait déjà beaucoup de lassitude et d'ennui dans ce travail. C'était chaque jour, semaine après semaine, un peu la même chose, avec les mêmes gens. Les tribunaux sont comme les hôpitaux ; on y croise beaucoup d'éclopés, des êtres souffrants, confrontés à peu près tous aux mêmes difficultés, plaintifs, fragiles, usés, ayant parfois lâché prise – et qui ne sont déjà *plus tout à fait des nôtres*. Beaucoup les fréquentent pour y voir réglées des affaires insignifiantes et tristes, souvent des affaires de mœurs. Une jeune fille est enceinte et tait obstinément le nom du père ? Cherchez parmi ses proches, plus près encore, du côté de ses frères ou de ses oncles, et n'oubliez surtout pas son propre père, ou alors ses cousins. De si braves garçons. Je les voyais là tous rassemblés, à l'audience, surpris de s'y retrouver sur les mêmes bancs, honteux parfois, souvent mal à l'aise, ou jouant les étonnés : « Pas moi n'est-ce pas madame le juge ! », et se regardant à peine, de biais, ou alors seulement leurs avocats : « Rassurez-moi, maître, dites-moi que tout se passera bien, qu'il ne m'arrivera rien, que ce soir je dormirai chez moi. » Il y avait aussi des vols, les innombrables vols à l'arraché souvent liés à l'usage ou au commerce de stupéfiants, commis par des hommes, car il n'y avait là que des hommes, qui venaient et revenaient devant des juges un peu las, ne sachant plus trop que faire, sans autre moyen que celui de les envoyer et les renvoyer encore en prison pour des peines chaque fois un peu plus longues. Des casiers judiciaires à rallonge, au point qu'ils en devenaient risibles, en attendant que survienne parfois le pire…

Heureusement, il y avait aussi les visites en prison. J'y consacrais mes samedis, entre la Santé, Fresnes et Fleury-Mérogis. C'était plutôt des journées insouciantes durant lesquelles je sillonnais Paris et ses alentours en voiture, en espérant ne pas m'y perdre. Trouver l'immense maison d'arrêt de Fleury-Mérogis dans sa lointaine et moderne banlieue, celle des années soixante-dix, du regroupement familial et de l'exode rural, exigeait souvent de faire quelques détours entre des barres d'immeubles et les premiers ronds-points situés dans ce qui restait d'une nature en perdition. Fresnes était plus proche, plantée au milieu de pavillons en pierre meulière édifiés avant guerre et de nombreux arbres centenaires. À l'époque, on pouvait encore se croire perdu dans le décor d'un très vieux film de Marcel L'Herbier, avec ses cafés aux vitres opaques à force d'être sales, ses rues qui descendaient en pentes douces où perçaient encore de vieux pavés, ses trottoirs étroits, son absence de lignes droites, et puis surtout, même par beau temps, cette impression de grisaille permanente qui semblait toujours vous coller à la peau. Ce qu'on appelle la banlieue. Ensuite il fallait entrer dans le bâtiment, franchir ses cours successives, et emprunter une longue, très longue galerie faite d'un parquet qui enchantait les détenus. Ils n'arrêtaient pas de le cirer en espérant qu'un jour leur labeur joyeux et goguenard ferait chuter une jeune et naïve avocate en jupe, et qu'ils pourraient contempler la scène du haut d'une balustrade située à son extrémité, comme au spectacle, un peu lointain tout de même pour détailler un bout de sous-vêtement à peine entr'aperçu. De chute, je n'en avais jamais vu, c'était plutôt une légende, et les avocates étaient toutes prévenues. L'histoire de la galerie et de son parquet ciré était initiatique : la connaître, en sourire, afficher sa complicité de mâle avec celui qui vous la racontait tout en vous scrutant du regard, c'était faire partie de son terrible monde…

Mais c'était, au cœur de Paris, la prison de la Santé que je préférais – celle que les gens du milieu dénommaient autrefois « La Santuche ». Noire, massive, inquiétante avec ses murs d'enceinte longs et épais, ses secrets accumulés depuis plus d'un siècle, ceux d'une masse informe et désormais oubliée d'assassins, d'escrocs, de trafiquants, de Résistants, de collabos, de truands de toutes espèces ; et aujourd'hui son quartier des particuliers, selon l'expression des gardiens, de ceux qui ont le privilège d'une cellule pour eux seuls. Et aussi le souvenir diffus des exécutions, celles des dix-huit militants antifascistes, « *sur les ordres d'un Gouvernement au service de l'Ennemi* » selon les mots d'une plaque de marbre que nul ne remarquait plus. Et toujours la mémoire des nombreuses décapitations, réservées à la cour d'honneur, sous un épais dais noir. Noblesse du crime oblige ! Petiot, Buisson, Fesch, et Monsieur Bill. Me reviennent en mémoire les dernières pages de *L'Exécution*, celles qui suivent la mort par décapitation de Bontemps, le complice qui fut exécuté alors qu'il n'avait pas tué : son avocat qui traverse la cour au petit matin, autour de la guillotine l'aide qui asperge le pavé rougi, le silence tendu des détenus, et la certitude d'un homme meurtri, un avocat prêt à mener son ultime combat contre la veuve, désormais convaincu que cette nuit ne se terminera plus avec l'aube. Était-ce en souvenir de ce livre que je me retrouvais là ? J'y pensais les nombreuses fois que j'empruntais la rue Arago vers une nouvelle rencontre.

Ce matin-là, j'allais retrouver un homme encore jeune qu'on avait accusé d'un meurtre. L'une des nombreuses affaires criminelles que je traitais désormais. Après avoir circulé dans de hauts et longs couloirs aux murs clairs mais défraîchis, suivi des galeries débouchant parfois sur de vastes halls en étoile qui menaient à d'autres couloirs et à leurs cellules innombrables, affronté le regard suspicieux de plusieurs gardiens envers les baveux, surnom donné aux avocats, franchi les grilles dont ils m'avaient ouvert les portes, et les avoir attendus pour qu'ils prennent le temps de les refermer derrière moi avant d'en ouvrir d'autres, après avoir entendu des cris, nombreux, souvent indistincts, ni proches ni lointains, ceux de détenus, en vêtements de sport, sandales aux pieds, qui se rendaient d'un endroit à un autre, en promenade, au parloir, à la douche, avec une serviette à la main, ou alors enfermés dans leurs cellules et tapant contre les portes dans l'espoir qu'on les entendît, après avoir traversé ces lieux austères, hostiles et violents, dans un bruit permanent, j'entrai enfin dans une salle, petite et froide, et silencieuse, éclairée par deux longues barres de néon, avec en surplomb une fenêtre à barreaux, et devant moi une table et deux chaises – et rien d'autre. Une salle où je devais attendre seul mon client qui ne tarderait pas, car « il était en chemin depuis déjà un petit moment… ».

Je relisais son dossier, encore mince, quand il arriva. Il était là, debout, devant moi, les bras le long du corps, qui me regardait fixement. Il avait un air juvénile, des taches de rousseur sur le visage, de grands yeux bleus, des cheveux blonds bouclés coupés assez court, une allure de jeune homme élancé, avec quelque chose de doux dans le regard et aussi dans son attitude. Peut-être était-ce la manière particulière qu'il avait de se tenir, avec une sorte de légèreté. Et pourtant il avait tué un homme, violemment, de dos, avec une arme à feu, un 22 Long Rifle je crois, sans hésitation, une nuit il y avait déjà plusieurs nuits. Transportée d'urgence à l'hôpital, sa victime était morte quelques heures plus tard, sans avoir repris connaissance, sans même avoir pu être opérée.

« Maître, quand allez-vous me sortir de là ? » furent ses premiers mots. Sans me troubler, je l'invitai à s'asseoir, lui demandai de me donner des explications sur sa garde à vue, ses auditions par la police, son interrogatoire de première comparution chez le juge d'instruction. À tout cela je n'avais pu assister. J'arrivais dans le dossier, comme on dit. À la demande de son frère.

Il me regardait maintenant avec hostilité, ne répondant à rien. « Maître, quand allez-vous me sortir de là ? » Je tentai de lui expliquer que son cas était grave, qu'il ne sortirait pas, ou pas tout de suite, qu'il y avait une enquête, qu'il y aurait un procès, qu'il serait certainement condamné. Tuer un homme, de trois balles, à l'entrée d'une boîte de nuit, sans aucun motif apparent, rien de tout cela n'était anodin. « Lui au moins n'est plus là pour vivre cet enfer ! m'interrompit-il. Vous savez ce que c'est que la prison, maître ? » Non, je ne le savais pas. « L'enfer ! Et vous savez avec la tête que j'ai, et ma jeunesse, et mon allure, les autres ne me font pas de cadeau – Voulez-vous que nous parlions de votre affaire ? », lui répondis-je sobrement. Manifestement, il ne le voulait pas, ou ne le pouvait pas encore.

La semaine qui suivit, je pensais à lui, à son dossier, à cette mort stupide qui avait coupé court à deux existences. L'un décédé, l'autre emprisonné, et pour combien d'années ? Son frère m'avait donné rendez-vous à déjeuner – je m'en souviens, c'était sur un bateau-mouche – pour me parler de lui et m'entendre sur ce qu'il appelait déjà « notre dossier ». Il pourvoirait à tous les frais, les miens et ceux qu'engendre la vie en prison, mais il voulait d'abord avoir des nouvelles, savoir comment j'allais m'y prendre, quelles seraient les étapes de la procédure, et puis connaître aussi mon pronostic, si c'était possible, si je pouvais déjà en avoir une idée. « Avec votre expérience, vous pouvez me le dire, n'est-ce pas, maître ? » C'était un petit entrepreneur, avec quelques employés, qui gagnait plutôt bien sa vie. Il travaillait dur alors que son frère ne faisait à peu près rien, mais il ne lui en voulait pas. Il parlait même de lui avec beaucoup d'affection, plus encore avec admiration, comme s'il lui reconnaissait une forme de supériorité.

Il semblait comprendre, mais comprendre quoi ? Cette mort ressemblait à beaucoup de celles que je commençais à fréquenter, ces morts qui vous amènent devant une cour d'assises. Morts violentes, soudaines, rarement préméditées, et dont les motifs nous échappent à peu près toujours, malgré les questions posées, ces questions multiples répétées inlassablement mais de manières différentes, et à des moments différents, et par des gens différents, policiers, psychiatres, juges d'instruction, assesseurs ou présidents. On ne sait jamais pourquoi une personne finit par en tuer une autre. Tuer est rarement un acte de volonté. La conscience en est souvent étrangère. Il y a dans chaque meurtre une part de déraison, même si la déraison gêne tout le monde, même si nul ne veut vraiment s'y résoudre – au cours de l'instruction ou à l'audience. Si donc son frère semblait comprendre, ce n'était pas mon cas, ou pas encore.

J'allais revoir mon client une deuxième et puis une troisième et une quatrième fois. Je finis par prendre mes habitudes. Chaque fin de semaine, les samedis matin, je n'oubliais pas de le joindre à la liste de mes visites aux détenus. Il avait fini par s'assagir. Peut-être résigné ; ou peut-être soulagé, car nul n'avait songé à l'agresser vraiment depuis les premiers jours. Lui aussi avait pris ses habitudes. Il s'était lentement glissé dans la peau d'un détenu. Nous pouvions enfin parler de son dossier. J'en savais maintenant un peu plus. Depuis des années, il vivait de petits boulots, rendait service à droite et à gauche contre un peu d'argent. De toute façon, il ne lui en fallait pas beaucoup pour vivre. Il habitait une ancienne chambre de bonne dans un quartier bourgeois, au 5, rue Albert-Samain, dans le XVIIe arrondissement de Paris. Mais cette chambre, il ne l'occupait à vrai dire que le jour, car la nuit c'est ailleurs qu'il vivait. Depuis sa majorité, il fréquentait les boîtes de nuit de l'Ouest parisien. Il en était devenu l'un des habitués. Après avoir traîné ici ou là, dans des bars le plus souvent, il s'y rendait aux alentours de minuit. On l'y accueillait toujours très bien. Depuis le temps, il avait fini par connaître tous les physionomistes et les videurs, les barmen et les disc-jockeys. Et surtout cette faune un peu particulière de clients interlopes, avec son lot de vrais riches et de ceux qui jouent à le paraître. Il arrivait le plus souvent à se faire offrir un verre, à s'installer durablement à une table autour de laquelle se tenaient deux ou trois hommes et quelques filles plus jeunes qui se serraient sur des canapés inconfortables. Avec devant eux des bouteilles ou leurs cadavres. Il parlait avec les uns et les autres, à l'oreille pour se faire entendre dans le bruit et la musique. Chacun y allait de son histoire, vraie ou fausse, souvent enjolivée, prenait un air entendu, approuvait de la tête ou souriait à l'autre, et usait de gestes un peu forcés pour tenter d'être mieux compris. Quand je l'interrogeais, il me disait aussi danser un peu, mais rarement pour le plaisir, plutôt pour se rapprocher de quelqu'un, une femme le plus souvent, l'aborder, tenter de lier connaissance. Et puis l'aube venue, il s'en allait, souvent seul, un peu soûlé et fatigué mais, me disait-il, heureux et comme soulagé, car la nuit et sa crasse n'étaient pas toute sa vie. Il pouvait alors regagner sa chambre, à pied ou par le premier métro, plus rarement en voiture, si quelqu'un offrait de le raccompagner.

C'était dans un de ces lieux qu'il avait connu sa future victime. À dire vrai, ce mot désignait assez mal l'homme qu'il y croisait alors : grand, massif, les traits grossiers, le teint bistre, toujours habillé d'un jean et d'un blouson de cuir, lui aussi vivait la nuit et, le moins qu'on puisse dire, est qu'il n'avait pas bonne réputation. On le disait violent, on lui prêtait un passé trouble où le sexe et la drogue n'étaient pas absents. J'appris plus tard qu'il avait même été condamné à deux reprises pour tentatives de viol. À ce stade, l'histoire devenait brumeuse. Mon client avait du mal à me l'expliquer, à moins qu'il ne le voulût pas, mais le fait était là : cet homme l'avait fait tricard dans toutes les boîtes de nuit où il avait ses habitudes. À chaque fois qu'elle le croisait, sa future victime lui intimait l'ordre de quitter les lieux, le cas échéant en se faisant menaçant. Était-ce une rivalité de petits mâles à propos d'une fille d'un soir ? Était-ce lié à un quelconque trafic que les deux hommes avaient imaginé ? Était-ce encore parce que l'un et l'autre cherchaient à séduire un même public et voulaient s'en réserver l'exclusivité ? Je n'arriverai jamais à le savoir. Mais c'était bien cela, c'était bien cette position de tricard qui avait poussé mon client à acheter une arme à feu et à en faire usage. « Simplement pour l'impressionner, m'avait-il précisé, pour lui faire comprendre que je n'étais pas un faible, que je ne me laisserais pas faire, que moi aussi je devais être respecté. »

Une des balles avait néanmoins atteint un rein et tout était allé très vite. « Je n'ai pas voulu sa mort, je ne l'ai vraiment pas voulue », me répétait-il. Mais c'était trop tard, tout était fini et l'instruction allait désormais suivre son cours jusqu'à l'audience finale.

Les mois passant, nous discutions de moins en moins souvent de son dossier qui avançait au rythme lent des actes de procédure. Il avait un jour reçu la visite d'un expert psychiatre qui avait déduit de leur bref entretien qu'il était un pervers narcissique. Un grand classique des expertises psychiatriques. Quelques mots trop vite écrits dans un rapport qui serait bientôt lu à l'audience, mis sous les yeux de tous, disséqué avant d'être débattu, avec une apparence de sérieux, entre ceux qu'on appelait des professionnels du droit et de la justice, et dont les jurés tireraient leur intime conviction. Mon client en souriait, mais avec tristesse et peut-être aussi un peu de cette lassitude qui l'amenèrent à se livrer.

Je m'en souviens fort bien. C'était un samedi pluvieux ; nous étions, comme chaque semaine, dans cette pièce trop froidement éclairée au néon, trop blanche aussi, anonyme. Sans plus me parler du rapport d'expertise, il me disait quelques mots des livres qu'il était en train de lire. N'ayant rien oublié de cette si étrange rencontre de mes années de jeunesse, je lui avais fait découvrir quelques semaines plus tôt l'histoire tragique de Dora Bruder, qui venait d'être publiée. Un livre que j'avais lu après tant d'autres du même auteur. Mais je voyais bien qu'il hésitait à m'en parler. Il tournait autour du pot, fixant mon attention sur des questions de style ou la minceur du livre. Et puis cette confidence soudaine, exprimée dans un souffle : « Dora Bruder, c'est un peu l'histoire de ma sœur. »

« Je ne vous en ai jamais parlé, n'est-ce pas, ni mon frère ? Saviez-vous, maître, que nos parents, quelque temps avant la guerre, peut-être au milieu des années trente, avaient émigré vers la France en provenance d'Europe centrale ? Ils s'étaient installés dans le XIVe arrondissement de Paris et fondus dans la masse des petits artisans, cette masse qu'on disait grouillante et industrieuse. À l'époque, ils avaient une fille qu'ils avaient dénommée France – pour signifier leur rêve de vie nouvelle, ici, vous savez au pays des droits de l'Homme, selon toutes ces histoires qu'on se raconte de l'autre côté de l'Europe. Elle était blonde, souriante, et ne pensait qu'à jouer. Et puis vint la guerre, et la haine finit par les rattraper. Ma sœur ne supportait pas de ne plus pouvoir circuler librement dans les rues du quartier. Un soir, elle leur avait échappé. Fous d'inquiétude, avec quelques rares amis, tous immigrés, ils avaient tenté de la chercher. Eux aussi avaient publié un avis de recherche dans un journal, mais en vain. Ils avaient appris son internement provisoire, à la caserne des Tourelles. Et puis elle avait disparu, définitivement. C'était en septembre 1942. Même lieu, même date que Dora Bruder. Étrange coïncidence, n'est-ce pas ? Qui sait : peut-être avaient-elles été du même convoi ? », ajouta-t-il avec malice, observant mon attitude. « Cette disparition, mes parents ne l'ont pas supportée ; ils ont fini par s'enfuir, quelque part dans un village du Midi ; et ils ont survécu. Revenus à Paris après la guerre, dans le même arrondissement, ils ont attendu le milieu des années cinquante pour nous avoir, mon frère et moi, mais ils n'ont pas tenu très longtemps. Ils sont morts, et c'est mon frère qui a fini de m'élever, comme il a pu. »

« Vous savez presque tout », me dit-il après un long silence, en me regardant droit dans les yeux. « Et il n'y a pas eu que ma sœur, ajouta-t-il. Tous les membres de ma famille sont morts, là-bas, en Europe centrale, durant cette période : mes grands-parents, mes oncles et mes tantes, mes cousins. Je ne les ai pas connus, mais je sais qu'ils étaient tous de bons citoyens, de ceux qui avaient toujours fait leur devoir, travaillé dur, payé leurs impôts, et même défendu leur pays quand on le leur avait demandé. Et pour quel résultat ? Hein, le savez-vous ? *Pour partir en fumée* », me dit-il en ricanant, afin de mieux souligner son effet.

« Alors, comprenez, maître, pourquoi je n'ai pas réussi à être aussi héroïque que mon frère, pourquoi je n'ai jamais voulu travailler et ai préféré les plaisirs de la nuit au labeur du jour, sans me soucier du lendemain, et pourquoi aussi je n'ai jamais admis qu'on me dicte ma conduite en me traitant d'indésirable, de proscrit, de triquard ! Ma victime ? Elle n'a eu que ce qu'elle méritait. » Le son de sa voix avait changé ; il s'était fait plus dur et plus tranchant. Son regard aussi n'avait plus rien de sa douceur habituelle. La tension entre nous était palpable ; j'avais en face de moi un assassin, celui que je devais défendre. « Maître, votre explication, vous l'avez, mais je vous demande de ne pas en faire état lors du procès ; de toute façon, c'est inutile, les jurés ne comprendraient pas ; qui peut d'ailleurs encore comprendre ? Plus de cinquante ans ont passé et je n'ai rien d'un rescapé ; je ne suis qu'un vieux fêtard qui en a tué un autre. Les gens comme moi ne sont nullement des exemples, encore moins des remords. »

Au cours des deux jours que devait durer l'audience quelques mois plus tard, j'avais décidé de ne pas trahir ma promesse et de ne rien révéler de ce passé antérieur au sien. La salle dite des « petites assises » nous avait été attribuée. Avant d'y pénétrer, j'avais dû affronter l'attitude hostile de la famille de la victime venue au grand complet. J'étais l'avocat du meurtrier de leur fils, frère et cousin ; autrement dit, presque un complice. À l'intérieur des assises, il y avait encore peu de monde. Ni les juges ni l'accusé n'étaient présents. Dans un décor surchargé et pesant, hérité du second Empire, la scène judiciaire se mettait lentement en place, avec ses gardiens et ses huissiers, son étrange ballet de robes noires qui s'entretenaient à voix basse, penchées au-dessus de nombreux et volumineux dossiers dispersés sur de grandes et lourdes tables en bois ciré, et cherchant les feuillets qu'il leur faudrait signer. Suivant l'usage, et pour tenter d'en savoir un peu plus sur ses intentions, j'échangeais quelques mots avec le procureur quand, soudain, au milieu d'un public clairsemé, je le vis…

Il était assis sur un banc, au fond de la salle, non loin de la sortie, ne sachant comme autrefois quelle posture adopter. Question de taille et de timidité. Il avait l'air d'un homme sur ses gardes, mais il m'observait tout de même de son regard énigmatique et doux. Qu'était-il venu faire dans cette salle ? Venait-il pour le procès ou pour me voir ? Mais comment avait-il su que j'étais là ? Et que pouvait-il bien me vouloir ? Quelques souvenirs me revinrent à l'esprit. Depuis combien d'années ne l'avais-je pas croisé ? Dix ans peut-être, ou plus encore. Le quai Conti et sa librairie me semblaient si loin aujourd'hui, et aussi mon studio du passage de l'Union de la fenêtre duquel je l'aperçus la première fois, telle une ombre. Des bribes d'une jeunesse, la mienne. Depuis cette époque, je n'avais jamais cessé de le lire, son univers intime et poétique était peu à peu devenu le mien, peut-être *parce qu'il était aussi le mien*, avec son passé trouble et pourtant si présent, si pesant aussi ; mais je ne m'imaginais pas le revoir. Aussi avais-je renoncé depuis longtemps à vouloir le questionner.

J'hésitai un instant sur l'attitude à adopter. Intrigué par sa présence, ne pouvant évidemment l'ignorer, j'allai à sa rencontre. « Je ne vous ai jamais oublié, me dit-il avec simplicité. Mais j'imagine que vous devez être surpris de me voir… Ne le soyez pas : je suis un grand amateur de faits divers, je pourrais même vous en apprendre sur le sujet, je les connais tous depuis les années vingt. Vous savez, à force de passer des journées à lire des annuaires et de vieux magazines, on en apprend beaucoup. Si je suis venu aujourd'hui, c'est parce que le nom de votre client – il est bien votre client, n'est-ce pas ? – ne m'est pas inconnu. Quand je l'ai lu dans la presse – un entrefilet qui annonçait le procès, un simple entrefilet, rassurez-vous –, il m'a tout de suite frappé : François Yoanovitch… Ce nom ne vous dit rien ? Vraiment ? » Il me fixait des yeux avec une intensité que je ne lui connaissais pas, mais je restai silencieux. Il laissa s'écouler quelques secondes, comme s'il souhaitait me donner ma chance. « … Et si ce nom je le transforme en Joanovici, cela ne vous dit toujours rien ? Ni celui de Monsieur Joseph ? » J'esquissai un simple mouvement du visage, néanmoins assez explicite pour qu'il crût en deviner le sens. « Ah bon, tout de même… Votre client ne vous en a pas parlé ? Il ne vous a jamais raconté l'histoire de sa famille ? » Je fis signe que oui. « Ah, très bien… Mais êtes-vous certain qu'il vous a dit la vérité, toute la vérité ? Ne vous aurait-il pas caché quelque chose d'important ? Ne savez-vous pas que son frère a longtemps exercé la profession de ferrailleur à Clichy, exactement comme jadis Joseph Joanovici ? » Je restai silencieux. « Non ? Je vois… Ce frère n'est-il pas d'ailleurs assis là, sur ce banc, à quelques mètres de nous ? »

Je ne comprenais pas – ou peut-être n'osais pas comprendre – ce qu'il me disait. Oui mon client m'avait bien parlé de sa famille, mais ce n'était nullement cette histoire-là et je n'avais à dire vrai jamais songé à faire le rapprochement entre Yoanovitch et Monsieur Joseph. Que pouvait-il donc bien tenter de me faire comprendre ? Que je ne connaissais pas aussi bien que lui cette période en n'ayant pas même songé à procéder au moindre rapprochement ? Qu'il fallait que je m'en veuille, que je n'avais pas fait correctement mon travail d'avocat ? Que j'étais un naïf et mon client un menteur ? Mais pourquoi, pourquoi donc ce dernier aurait-il agi ainsi, alors même qu'il souhaitait que je ne dise rien à l'audience de son passé familial ? Les questions se succédaient maintenant à grande vitesse dans mon esprit. Qui étaient ces deux frères qui se regardaient l'un l'autre ? Quel secret pouvait donc les lier ? Quelle histoire fallait-il croire ? Une sœur trop tôt disparue et des parents anéantis qui avaient fini par se suicider, ou un lointain passé de trafiquant, celui d'un parent venu de Bessarabie, passé d'une banlieue mal famée à la fréquentation de la sinistre bande de la rue Lauriston ? L'histoire de Monsieur Joseph, « ferrailleur milliardaire », métèque devenu « Aryen d'honneur » pour les besoins de son sordide et fructueux commerce avec l'occupant ? Avais-je été à ce point aveugle alors que j'avais fréquenté mon client si longtemps ? Chacune de ces semaines passées en prison n'avait donc servi à rien ?

Je n'eus le temps de répondre à aucune de ces interrogations. Le greffier annonçait l'arrivée des membres de la Cour. Son président en robe rouge était suivi de ses deux assesseurs. L'audience allait bientôt commencer. Je devais regagner mon banc et abandonner là mon interlocuteur. Il me suivit du regard tout en me faisant comprendre qu'il m'attendrait.

La première journée se déroula comme toutes les autres, rythmée par les actes successifs du rituel judiciaire. La désignation des jurés ; la description minutieuse et presque clinique des faits par un greffier au ton monotone ; l'interrogatoire de personnalité par le président ; l'audition des témoins dont une jeune femme, prénommée Hélène, qui affirma à la barre avoir été la petite amie de mon client. Il y eut aussi mon affrontement avec l'expert psychiatre. Si j'avais décidé de ne rien dire du passé de mon client, je ne pouvais tout de même pas laisser à un tiers mal informé et sûr de lui le soin de livrer à la barre « les vraies raisons de son passage à l'acte ». Cet affrontement, c'était d'ailleurs une vieille habitude de plaideur qui entendait contester une parole réputée scientifique auprès des jurés : ceux-ci ne se réfugieraient pas derrière elle pour s'affranchir de leur responsabilité. L'expérience m'avait appris que l'acte de juger était beaucoup trop lourd pour que chacun puisse le supporter sans tenter de s'en décharger sur un autre. Jusqu'au bout, les jurés devaient demeurer inquiets et se demander s'ils n'allaient pas commettre une erreur, sur la culpabilité ou bien sur la peine. Il me fallait les empêcher de trouver un quelconque soutien, et celui de l'expert psychiatre en était un de choix. Le plus souvent, l'affrontement se terminait dans la confusion, le président intervenait pour y mettre un terme, les jurés ne sachant plus ce qu'ils devaient croire, et l'expert finissait par quitter la salle en maugréant sur les avocats, leur nocivité et leur amateurisme grandiloquent. Ce fut une nouvelle fois le cas. Modeste succès de la défense…

Nous avions décidé de nous retrouver à l'issue de cette première journée d'audience. La nuit avait fini par tomber et nous étions assis l'un en face de l'autre dans une vaste brasserie située devant les grilles du Palais, de l'autre côté du boulevard. Ses murs de couleur crème, son sol en Formica, ses sièges bistrot et ses tables aux plateaux en faux marbre : ressemblant à un décor des années vingt, le lieu était connu de longue date des gens de robe. On pouvait y croiser selon les jours des magistrats, de rares journalistes, des policiers parfois, et aussi beaucoup d'avocats qui y donnaient rendez-vous à leurs clients, peu de temps avant le début des audiences, vers treize heures, afin de les rassurer une dernière fois sur le combat inégal qu'ils allaient devoir mener dans des lieux trop solennels. Ce soir-là, il pleuvait, et des lumières blafardes éclairaient tristement nos visages. Nous nous regardâmes tous deux longuement, sans rien dire. Puis il décida de rompre le silence. « Avez-vous réfléchi à ce que je vous ai dit ? Votre client ne vous a vraiment jamais donné d'indice ? » Je lui racontai l'histoire de sa sœur, les coïncidences troublantes avec celle de la jeune Dora Bruder, le retour de ses parents après la guerre, sa naissance, leur mort volontaire, le rôle crucial joué par son frère aîné que je n'avais il est vrai pas interrogé sur ses propres activités… Comment aurais-je pu y penser ? Il sourit, énigmatique, mais presque rassuré par ces quelques indices, me fit promettre de nous retrouver le lendemain, au même endroit, après le prononcé de la sentence. Je sus à cet instant que notre conversation allait prendre fin ; il était déjà ailleurs, perdu dans des pensées empreintes d'un monde ancien.

La ronde de nuit

Le lendemain, à peu près à la même heure, nous étions à nouveau assis l'un en face de l'autre. Au soir du second jour, douze années de réclusion criminelle avaient été requises. Un homme était mort, mais son passé trouble, sa violence et ses condamnations pour tentatives de viol ne permettaient guère d'exiger plus. L'avocat général le savait. De mon côté, j'avais expliqué aux jurés que cet homme s'était montré brutal à l'égard de mon client, que celui-ci n'avait pas eu l'intention de le tuer, que le décès de la victime était dû à un mauvais état de santé général... Le travail habituel de l'avocat, propre à distiller le doute, à donner à voir les faits sous un autre jour que celui de l'accusation, à mettre un peu d'humanité là où il pouvait en rester… Après une heure à peine de délibérations, la sentence était tombée : huit ans de réclusion criminelle. Je ne pouvais espérer mieux. Mon client l'avait compris ; il avait cherché mon regard, nous avions échangé un sourire, puis les gendarmes l'avaient à nouveau menotté et il avait quitté la salle d'audience par une porte située à l'arrière du box des accusés. Cette nuit, il dormirait en prison, mais entre les années qu'il avait déjà passées en détention provisoire et les remises de peine à venir, il pouvait espérer une libération prochaine. Ce soir-là, je ne savais pas encore ce qu'il allait devenir.

La tension de l'audience retombait enfin. Nous étions au même endroit et j'espérais que nous allions reprendre la conversation que nous avions à peine entamée la veille. Je ne voulais pas qu'il m'en dise plus sur Joseph Joanovici ; nous étions deux – peut-être les deux seuls, voire les deux derniers – à avoir lu la presse d'après-guerre, quand son nom faisait encore les gros titres. Sur Monsieur

Joseph, j'en connaissais assez : ses liens avec certains membres importants de la Préfecture de Police, les armes qu'il avait fournies à la Résistance peu avant la Libération de Paris, la livraison de Lafont à cette même Résistance, autant de tentatives de rachat qui ne lui avaient pas évité un procès à grand spectacle en 1949, pour faits de collaboration économique, et puis en fin de course un retour à Clichy, dans la misère…

Non, ce que je voulais connaître, c'était les liens qui l'unissaient peut-être à la famille de mon client. Celui-ci ne m'avait certainement pas tout dit sur elle et son histoire. M'avait-il d'ailleurs dit la vérité et n'avait-il pas plutôt tout inventé ? Et pour des raisons que je pouvais aisément imaginer : en unissant le destin de sa sœur à celui de Dora Bruder, ne souhaitait-il pas créer un lien de connivence avec son avocat dans l'espoir d'être mieux défendu, ou du moins avec plus de sincérité ? Mais alors ses parents, qui étaient-ils vraiment ? Et sa sœur, avait-elle même existé ?

Maintenant que j'y pensais, il y avait plusieurs choses qui clochaient, de celles auxquelles je n'avais pas prêté attention, mais qui prenaient désormais un sens différent : la chambre de bonne que mon client occupait n'était-elle pas située 5, rue Albert-Samain, précisément là où Monsieur Joseph avait un temps loué un appartement pour ses affaires ? Et les deux derniers prénoms de mon client – Joseph et Marcel – n'étaient-ils pas ceux des frères Joanovici ? Quant à Hélène et Thérèse, ces deux femmes dont il m'avait un jour parlé avec tendresse et dont l'une était venue témoigner à la barre, ne portaient-elles pas les mêmes prénoms que les deux filles de Monsieur Joseph ? Et puis il y avait encore le curieux passé de ferrailleur de son frère, à Clichy même…

Celui que je venais de rejoindre dans cette brasserie ne disait rien, mais j'étais certain que sur tout cela il savait quelque chose. Les questions qu'il m'avait posées la veille le prouvaient. Pourtant, il se bornait à m'observer depuis de longues minutes. Son regard me rappela notre première rencontre, quand il me fixait sous ce porche, un soir d'été, passage de l'Union. Il faisait alors une chaleur étouffante, loin de cette pluie fine qui ne cessait de tomber depuis maintenant plusieurs jours. Et puis soudain, cette question : « Seriez-vous prêt à me suivre ? » Que voulait-il dire ? Quel sens donnait-il à ces mots : « me suivre » ? Je manifestai ma surprise : « N'auriez-vous pas plutôt des choses à me dire ? Si vous êtes venu assister au procès, ce n'est pas pour moi, n'est-ce pas, mais pour mon client, et surtout l'énigme de son patronyme, et qui sait, pour sa sœur France dont vous devriez me dire si son nom est lié à celui de Dora Bruder. Alors vous me devez des explications, non ? Croyez-vous que celui-ci m'ait menti ? – Des explications, me répondit-il, je vais vous en donner, mais il faut d'abord que vous acceptiez de me suivre, que vous jouiez le jeu. »

Jouer le jeu… quelle expression singulière, surtout dans ces circonstances tragiques.

Mais pourquoi pas, si la vérité était à ce prix ? Quelques minutes plus tard, ma curiosité l'avait emporté : nous étions sur le trottoir, boulevard du Palais. Il faisait froid maintenant – et cette pluie fine qui ne cessait de tomber. Nous commençâmes à marcher d'un pas rapide. Au bout de quelques minutes, nous avions déjà traversé la Seine et remonté la rue Danton jusqu'au boulevard Saint-Michel. Les lieux que nous abordions, je m'en souvenais, même si je ne les fréquentais plus guère. La brasserie Lipp, l'enseigne bleu et jaune du magasin suédois qui n'avait pas bougé et me servait autrefois de repère, et puis la rue de Grenelle. L'itinéraire m'était connu : il nous ramenait de l'autre côté du Champ-de-Mars, vers le passage de l'Union. Je songeais alors aux années passées, à mon insouciance perdue. La fréquentation des palais de justice m'avait endurci. Trop de dossiers obscurs, trop de plaidoiries peut-être. Des morts, beaucoup de morts, trop violentes, trop soudaines. Des viols, des rapines, des escroqueries. Le tout *jusqu'à plus soif*…

Et toujours cette pluie. « Savez-vous que c'est là que tout a commencé, me dit-il soudain, dans cette voie étroite et sombre, un soir de novembre 1940, loin de l'hôtel Lutétia et des locaux trop officiels de l'*Abwehr* ? En fait les choses, ou plutôt devrais-je dire les affaires, ont débuté passage de l'Union, au troisième étage d'un immeuble en briques, dans un studio discret. Une location en meublé, je crois. C'est là que les bandes de ferrailleurs, Joanovici à leur tête, ont négocié avec l'occupant leurs arrangements sordides. Les Allemands commençaient le pillage systématique du pays et il leur fallait travailler avec des intermédiaires, prêts à faire la sale besogne, pourvu qu'ils fussent grassement payés. S'enrichir, s'enrichir vite, et toujours plus. S'enrichir parce qu'on ne savait pas de quoi le lendemain serait fait, n'est-ce pas ? Le soir où vous m'avez vu, ce premier soir, eh bien j'étais venu pour repérer les lieux. Je les avais enfin trouvés. Aujourd'hui, ce passage n'a plus de secret pour moi. Mais n'imaginez pas que je vous dise où était ce studio ! », conclut-il dans un éclat de rire. C'était la première fois que je le voyais rire ainsi. J'en compris tout de suite la signification : « Ce studio, c'est celui que j'occupais, n'est-ce pas, celui qu'avait acheté mon père ? » En guise de réponse, je n'eus droit qu'à un long silence qu'il finit par rompre : « Souhaitez-vous continuer ? »

Cette fois, il n'y avait plus seulement le froid et la pluie : un épais brouillard s'infiltrait dans le passage et les rues adjacentes. Et puis la nuit commençait à tomber. « Nous devrions gagner au plus vite une bouche de métro et fuir ce quartier, me dit-il, retrouver un peu de chaleur et de lumière ! » Il se mit à marcher à grandes enjambées puis à courir, de plus en plus vite ; j'essayais de le suivre.

Combien de temps cela nous prit-il : dix, quinze minutes, peut-être plus ? Et puis soudain : un édicule Guimard indiquant l'entrée d'une bouche de métro dans le style Art nouveau, sa plaque de lave émaillée, ses deux holophanes, quelques marches qui s'enfoncent dans le sol, une grille ouverte, un faible éclairage qui signale un début de couloir que nous empruntons, sans réfléchir. Après quelques dizaines de mètres, après avoir dévalé des escaliers dans une course qui me semble interminable, alors que nous arrivons sur le quai en laissant derrière nous une guérite au décor singulier – « Attention à ce que le chef de station ne nous voie pas », me murmure-t-il –, un bruit strident, une rame qui apparaît au loin, débouche d'un long tunnel, freine bruyamment et s'arrête. « Allons-y… Montez ! Faites vite, je vous en conjure. » Je reconnais les voitures de mon enfance : de couleurs rouge et verte, marquées de chiffres romains qui indiquent l'existence de plusieurs classes de voyageurs. Ces voitures auraient-elles été remises en service ? À moins qu'on tourne un film d'époque dans la station ? Je le regarde, mais lui semble n'avoir rien remarqué. Il est assis là, à l'intérieur de la rame, sur une banquette de lattes en bois verni, et tente de reprendre son souffle, la tête penchée en arrière, les yeux mi-clos. Nous avons trop couru, et trop vite. Le métro s'ébroue et repart avec le même bruit d'essieu que tout à l'heure.

Un sentiment d'étrangeté me saisit. Moi aussi, je dois reprendre mon souffle. Que se passe-t-il ? Est-ce le début d'un rêve ? Où m'entraîne-t-il ? J'ai le sentiment de glisser sans pouvoir résister… Autour de nous, il n'y a personne, mais dans la voiture suivante, derrière une vitre, je crois percevoir une jeune femme à la taille fine, habillée avec élégance, en tailleur cintré et chapeau à voilette, tenant un sac entre ses mains gantées, qui nous regarde et me sourit. J'ai l'impression de la connaître, mais tout s'enchaîne trop vite. La rame roule maintenant à pleine vitesse. Le tunnel est sombre. Un très faible éclairage signale à intervalles réguliers de légers renfoncements dans un mur noirci couvert de câbles. Le bruit est assourdissant, les lampes de la voiture nous éclairent à peine, quelques dizaines de secondes s'écoulent avant qu'un

trait de lumière plus vive surgisse : la rame débouche dans une nouvelle station. Sur le quai, une silhouette apparaît au loin. Est-ce un homme en uniforme vert-de-gris ? « Nous devrions sortir, on pourrait nous repérer », me dit-il soudain. Il a de nouveau un air traqué. Nous reprenons notre course à travers les galeries. Un escalier, une grille ouverte, et nous voici à l'air libre. Dehors, il fait toujours aussi froid. Nous sommes au milieu de la nuit ; je n'y vois rien. Le noir total ! Aucun éclairage, aucun bruit, nul signe de vie. « Mais où sommes-nous ? lui dis-je dans un souffle.
— Vous ne reconnaissez pas ? », me répond-il en souriant, d'un air vaguement moqueur, et plutôt soulagé. « Nous sommes dans votre quartier. Pas très loin du passage où vous habitiez. Mais faisons vite et rentrons dans ce hall d'immeuble. C'est là où nous allons. »

Il connaît donc notre destination... Un hall d'entrée tout en longueur et, derrière une porte à carreaux biseautés, une cage d'ascenseur autour de laquelle s'enroule un escalier typique des immeubles bourgeois parisiens : des marches en bois ciré en partie couvertes d'un tapis baguetté, à motifs de couleurs légèrement passées, et des vitraux *modern style* censés éclairer chacun des étages en laissant passer durant la journée un rai de lumière colorée provenant d'une cour intérieure. Cet escalier, nous l'empruntons sans plus y réfléchir et arrivons rapidement sur le palier du troisième. Dans le désir manifeste de rester discret, celui qui vient de m'entraîner dans cette curieuse aventure prend soin de ne pas actionner la sonnette, mais frappe légèrement sur l'un des deux grands battants de la porte centrale, à trois reprises et à intervalles irréguliers, comme s'il s'agissait d'un code. Le temps passe en silence. Aucun bruit ne semble venir de l'intérieur. Et puis, après une longue minute, peut-être plus, quelqu'un actionne le verrou dans un bruit sourd et un homme nous ouvre. « Je vous attendais », se borne-t-il à dire avec un fort accent étranger et après nous avoir dévisagés l'un après l'autre. Je *vous* attendais ? Celui qui m'accompagne peut-être, mais moi, comment pouvait-il m'attendre ? Je voudrais dire à cet homme que je n'ai rien à voir avec tout cela et qu'il y a encore quelques dizaines de minutes, une heure au maximum, j'étais assis, somme toute tranquillement, à la table d'une brasserie, en face du Palais de Justice. Mais maintenant ? Maintenant, je ne sais plus où je suis, ni surtout à quelle époque, car il est évident que j'ai changé d'époque. *Évident que j'ai changé d'époque* : cette phrase a quelque chose de surréaliste ! Je suis soudain pris d'un frisson. Un sentiment de peur, pour la première fois ; plus encore, une angoisse, sourde, profonde, violente. Non, cet homme, celui qui vient de nous ouvrir avec un air si tranquille, ne me croira jamais si je démens ses propos. Je suis fait comme un rat et je ne pourrai pas m'expliquer, car ce qui m'arrive est inexplicable ! Mais pourquoi m'a-t-il fait cela, et pourquoi ai-je accepté de jouer un jeu dont je ne maîtrise aucune des règles ? « Je vous en prie, entrez et soyez les bienvenus, tous vos amis sont là. » *Vos amis...*

Une fois la porte refermée derrière nous, malgré la pénombre du hall d'entrée, en tâchant de ne pas me faire remarquer, je décide de regarder attentivement notre homme. Il porte un costume croisé haut de flanelle grise, avec chemise à rayures, cravate sombre et pochette blanche. Le tout se veut élégant, mais le contraste est net entre cette recherche vestimentaire et l'allure générale du personnage. Corpulent, le visage légèrement bouffi avec un nez fort, des yeux en amande et des cheveux noirs gominés, il pourrait avoir une quarantaine d'années, mais il en paraît plus. Il nous sourit, mais son sourire n'a rien de rassurant. Je suis à nouveau pris d'un frisson. Surtout ne rien laisser paraître, me dis-je intérieurement, mais observer ce que je vois dans les moindres détails et tâcher de tout retenir pour m'en souvenir une fois que ce mauvais rêve sera terminé – car il aura bien une fin, n'est-ce pas ?

D'une autre pièce dont la porte est entrebâillée, je reconnais un fond musical d'origine américaine : la chanson *One Girl and Two Boys* interprétée par la blonde platine Marilyn Maxwell. Un morceau de jazz qu'on entendait en 1943... La bande-son du film *Swing Fever* qui semble incongrue dans cet appartement d'un autre âge. « Donnez-vous la peine d'entrer », nous dit une voix de femme de l'autre côté de la porte.

Nous voici dans un vaste salon éclairé de lampes aux abat-jour jaunis, encombré de meubles en bois sombre, de fauteuils de styles divers, de bibelots en faïence, de tapis d'Orient, de lourdes tentures destinées à masquer les grandes fenêtres et de quelques tableaux – pour l'essentiel des scènes de chasse. Six ou sept personnes s'y tiennent debout devant une grande table où s'entassent les restes d'un repas, mais surtout de multiples bouteilles. Toutes tiennent un verre à la main et semblent avoir passablement bu ; toutes nous regardent et nous sourient à leur tour. Un peu à l'écart, je remarque une jeune femme, blonde et frêle, que je reconnais pour l'avoir souvent admirée dans de vieux magazines quand j'étais adolescent. À côté d'elle se tient un homme qu'on me présentera un peu plus tard comme étant un officier allemand, le capitaine Gerlach. Je sais qu'elle attend un enfant de lui et qu'elle mourra bientôt, de la tuberculose. *Drôle de vie*… Qui sont les autres ? Peut-être Alain Godvil, un obscur agent français de l'*Abwehr*, et la très brune Maud de Belleroche dont je reconnais la coiffure à la garçonne et crois me souvenir qu'elle est, ou fut, la maîtresse du père de la jeune femme, journaliste célèbre et collaborateur notoire. Je reconnais aussi celle que je connus sous le nom d'Ananda Devi pour l'avoir croisée un soir dans un bar du quartier Montparnasse, celui qu'elle avait créé au 11, rue Jules-Chaplain, très longtemps après la fin de la guerre, à une époque où elle s'était spécialisée dans la culture indienne et l'enseignement du yoga, après avoir vécu quelques années avec un maharadja. Plus en retrait, il y a encore un autre homme dont le nom m'échappe : un écrivain plus ou moins raté dont on perdra la trace après la guerre, mais qui occupe pour l'heure les fonctions de secrétaire général du groupe Collaboration, le très antibolchevique « groupement des énergies françaises pour l'unité continentale » que préside Alphonse de Châteaubriant.

L'une des femmes s'approche de moi, deux coupes et une bouteille de champagne à la main. « Bienvenue au *Ballet des crabes* et heureuse de vous revoir ! me lance-t-elle, bravache. Votre ami nous avait prévenus de votre visite, mais je me demande bien pour quelles raisons vous l'avez suivi. Qu'êtes-vous donc venu faire ici ? Vous ne savez pas que tout part en capilotade ? C'est le début de la fin… Il va bientôt être temps de se tirer ! » Puis après s'être tue un instant : « Une balle dans la tête, je veux dire… » Elle titube ; je ne lui réponds pas. Celui qu'elle prétend être mon ami les avait prévenus de ma visite ? Et comment peut-elle m'avoir reconnu ? Je ne comprends rien. Je ne comprends pas non plus pour quelles raisons tous ces gens me paraissent familiers. J'ai la sensation de les connaître presque tous, et pourtant, Ananda Devi mise à part, je ne les ai jamais croisés. « Vous êtes venu chercher la réponse à certaines de vos interrogations, n'est-ce pas ? », finit-elle par me lâcher, sur un ton devenu grave et sentencieux qui contraste avec son allure générale de femme soûle. « Mais vous ne savez pas qu'on ne connaît jamais le fin mot de l'histoire ? » *Le fin mot de l'histoire*... Que veut-elle dire par là ? « En ce monde, il n'y a rien à comprendre. Regardez-nous, voyez comme nous sommes ballottés par les événements », ajoute-t-elle en s'accompagnant d'un geste du bras, en demi-cercle, comme pour tenter de mieux saisir chacun. « Croyez-le : nous n'avons pas choisi d'être du mauvais côté de la barre. Certains d'entre nous n'ont pas le bon pedigree, trop riches, trop mal aimés – prenez notre jeune et fragile actrice blonde que vous avez tout de suite remarquée et son salopard de père. D'autres ont saisi l'occasion de la guerre pour prendre leur revanche, parce qu'ils n'étaient pas assez bien nés. La pauvreté dans l'enfance mène souvent les adultes à la violence, vous savez. » Je la sens contente de sa phrase… « D'autres se sont bornés à faire de mauvaises rencontres ; peut-être aussi n'avons-nous pas eu le courage de refuser les privations. Il était si facile d'accepter une coupe de champagne d'un officier allemand au début de la guerre, surtout quand il était beau, blond et plus viril que la plupart des hommes que nous fréquentions, ceux qui appartenaient désormais au camp des vaincus… Après, ce ne fut plus qu'une affaire de circonstances. » Elle se tait un instant. « Sauf peut-être pour Joseph. Lui est un survivant. Depuis sa terre natale, les pogroms et le massacre de ses parents, il a échappé à tout et il n'y a pas de raison que cela change. Après avoir fourgué sa ferraille aux Allemands, après les avoir trompés tant qu'il a pu, vous verrez qu'il la vendra aux Américains ! Je vois même les Résistants français lui manger bientôt dans la main. Au fond, il est peut-être le seul type bien de notre bande… Ne s'en tenir à aucune règle mais survivre, survivre à tout prix, de toutes ses forces – sans néanmoins oublier ses proches ni ses coreligionnaires. Voilà sa ligne de conduite, et il n'en a jamais dévié. Ce n'est pas indigne, si ? »

C'était précisément lui que j'étais venu voir, c'était pour lui que je m'étais laissé entraîner, afin qu'il réponde à une unique question : Que représentait pour lui ce couple d'artisans installés dans le XIVe arrondissement de Paris et dont la fille unique, dénommée France, aurait disparu en septembre 1942 ?

« Où puis-je le trouver ? », demandai-je à mon interlocutrice que j'interrompis dans ce qui devenait chez elle un monologue intérieur dont j'étais le réceptacle involontaire. « Vous ne l'avez pas reconnu ? C'est lui qui, tout à l'heure, est venu vous ouvrir la porte ! Il y tenait et s'en amusait en même temps. Si vous voulez vraiment le voir, suivez donc le couloir : il s'est installé dans une des chambres avec votre ami. »

Il s'agissait d'un corridor étroit, long et sombre dont s'échappait un trait de lumière indiquant l'entrée d'une pièce qui devait être la chambre où il se trouvait. J'écoutai derrière la porte entrebaillée ; les deux hommes semblaient en grande conversation. Ils parlaient d'un agent de la Gestapo, d'un double pesage de ferraille, d'une livraison qui n'était jamais arrivée à destination, de vengeance et d'une mystérieuse disparition... Je m'apprêtai à frapper pour entrer quand je perçus par l'embrasure de la porte ce qui devait être le corps d'un homme allongé sur le sol. Un lit m'empêchait d'en discerner la totalité. Je ne distinguais qu'un bas de pantalon, d'un tissu assez épais tirant vers le brun, et une paire de chaussures bicolores. À nouveau ce même frisson qui me saisit... Une nuit de 1943 dans un appartement parisien, des personnages troubles liés à la collaboration faisant une forte consommation d'alcool, et l'étrange Monsieur Joseph, ici, dans cette pièce. Je n'imaginai pas autre chose que la présence d'un cadavre ! Peut-être celui que cachait depuis des années, et dans certains de ses livres, l'écrivain qui m'avait amené ici. Les deux hommes étaient-ils complices d'un meurtre ou se bornaient-ils à régler le sort d'un homme déjà mort ? Si je ne poussais pas cette porte, si je n'entrais pas dans cette pièce, je n'aurais peut-être jamais la réponse à ma question, mais il était trop tard pour le faire : m'immiscer maintenant dans leur conversation, c'était devenir un témoin gênant et prendre le risque de disparaître à mon tour, ou alors accepter de me faire leur complice… Je décidai de rebrousser chemin, discrètement, en tâchant de ne pas me faire entendre des deux hommes ; le mieux était de les attendre au salon, au milieu des autres, et de *faire comme si de rien n'était*…

L'officier allemand me tendit un verre. « Que voulez-vous boire ? me dit-il dans un français impeccable. Ici, vous l'avez remarqué, tout le monde boit, et après vos fortes émotions, vous l'avez bien mérité, n'est-ce pas ? »

Lui aussi était au courant ? En nous accueillant, Monsieur Joseph aurait donc dit vrai : *nos amis* nous attendaient ! Nous n'avions rien à leur cacher ou à leur apprendre, et d'eux-mêmes nous savions déjà tout… Les époques pouvaient-elles ainsi se chevaucher ? Pouvions-nous être les intimes de personnes que nous n'avions jamais connues ? Pouvait-on même avoir le sentiment de mieux les connaître que la plupart de nos contemporains ? Comme si rien ne devait plus être dissimulé… Et pouvait-on n'être animé d'aucun malaise particulier ? Car c'était bien cela que je ressentais, une absence de gêne, une familiarité, voire de la sérénité, comme si je m'étais doucement glissé dans cette époque qui était aussi un peu la mienne…

Après plusieurs verres de whisky, j'avais dû finir par m'assoupir. Les émotions, l'alcool, l'attente, mes trop nombreuses interrogations… Quand je repris mes esprits, combien de temps s'était-il écoulé ? Une heure, peut-être deux ou trois, plus encore ?

Aucune lumière ne filtrant de l'extérieur en raison de l'épaisseur des rideaux, je ne pouvais savoir s'il faisait encore nuit. L'appartement était redevenu silencieux, la musique s'était tue, et toutes les personnes que nous avions croisées durant la soirée avaient disparu. Ne restaient que des cadavres de bouteilles sur la table et des verres vides posés un peu partout. Lui seul demeurait là, assis à quelques mètres en face de moi, et il me regardait fixement. C'était la première fois que je lui trouvais un regard apaisé. Comme si, à cette heure, nous partagions les mêmes sentiments. « Le jour se lève. Une voiture a été mise à notre disposition. C'est une traction avant qui, vous le verrez, a cette particularité d'avoir des jantes de couleur jaune. Une marque de fabrique, celle de la bande de Monsieur Joseph… Si nous ne sommes pas inquiétés, dans moins d'une heure nous devrions être de retour chez nous. Mais ne tardons pas. On ne sait jamais… »

Livret de famille

Ce qui se passa par la suite, je ne m'en souviens plus guère. Il y eut bien cette voiture qui nous attendait au bas de l'immeuble. À l'intérieur un chauffeur et un homme à ses côtés qui nous intima l'ordre de nous asseoir sur la banquette arrière. Leurs regards inquiets, un départ rapide, la traversée des rues de Paris, grises et silencieuses, aux premières lueurs du jour, l'impression de n'aller nulle part, ou alors vers une banlieue plus grise encore, en longeant, peut-être du côté d'Issy-les-Moulineaux et plus loin de Meudon, les quais de Seine bordés d'une succession de maisons en pierre meulière, de sorties de garage, de palissades, d'immeubles de rapport recouverts d'un crépi noirci, de cafés miteux, de quelques arbres aussi…

Malgré la peur, la seule chose qui me marqua, ce ne furent pas ces lieux tristes et froids, figés dans l'immobilité du petit matin d'un pays occupé, mais ces mots prononcés d'une voix redevenue hésitante par celui qui m'avait entraîné dans cette aventure : « Votre client vous a menti. Sa sœur n'a pas disparu. Elle vit encore, mais n'a jamais voulu revoir ses frères. Peut-être pour rompre avec son milieu, ou ses origines, et parce qu'elle voulait échapper à son destin. Car nous en sommes tous là, n'est-ce pas, nous voulons *échapper à notre destin* ? » Et après un silence : « Mais n'essayez pas de la retrouver, cela ne servirait à rien. » Pourquoi cette mise en garde ? Pourquoi ne devais-je pas essayer de la retrouver ? Il me sourit. « Ce que vous avez vu ce soir – ou plutôt cette nuit – ne vous a pas suffi ? Vous n'avez pas compris que là où nous étions, il vaut mieux ne pas être trop curieux ? On disparaît si vite, vous savez… et personne ne s'en soucie. Une disparition, c'est au mieux une ligne de plus dans les journaux, à la rubrique des Faits divers. » Faisait-il référence au cadavre allongé dans la chambre, celui que j'avais vu il y a quelques heures ? Voulait-il me rappeler son échange, apparemment de connivence, avec Monsieur Joseph ? Qui me parlait ce matin alors que notre voiture roulait maintenant à vive allure sur des pavés inégaux ? Était-ce l'écrivain qui m'avait observé une nuit d'été et que j'avais ensuite croisé deux ou trois fois dans Paris, ou le complice d'un trafiquant ? « Vous n'avez donc pas compris que les gens que nous venons de croiser je ne les aime pas, mais que c'est ici qu'est la vraie vie et qu'on est libre d'y faire ce qu'on veut ? » furent les derniers mots de lui dont je me souviendrais. Bientôt, j'allais me retrouver à nouveau dans mon appartement parisien, loin du passage de l'Union et des années quarante.

Je ne cessai de me remémorer cette nuit si particulière. Était-elle vraie ou l'avais-je rêvée ? Ma tête était lourde et je me trouvais dans l'incapacité de dormir malgré le désir que j'en avais. D'ailleurs, à quoi servait-il de dormir alors que le jour était maintenant levé ? Un soleil éclatant emplissait la pièce où je me trouvais. J'étais chez moi, allongé sur un canapé, devant une table basse aux tons colorés, au milieu d'objets familiers, immobile, le corps engourdi, incapable d'esquisser le moindre mouvement, mais désespérément éveillé. Dormir était au-dessus de mes forces. J'essayai de me souvenir de ce qui venait de se passer, en tâchant de ne rien oublier des détails, avant qu'il ne soit trop tard, avant que l'oubli ne me gagne et que j'aie la tentation de passer à autre chose. Le froid, la pluie, l'obscurité la plus totale dans les rues de Paris, notre course dans les couloirs du métro, une silhouette de femme au loin, une femme blonde qui ne me semblait pas inconnue, une porte cochère et un escalier sombre, l'appartement du troisième étage, l'accent si particulier de celui qui nous avait ouvert la porte et que je savais maintenant être l'étrange Monsieur Joseph, les différentes personnes qui se prétendaient mes amis et auxquelles j'avais parlé – le capitaine Gerlach, Alain Godvil,

Maud de Belleroche, Ananda Devi, autant de visages qui me semblaient familiers. Et puis encore l'étroit couloir, la porte entrebâillée, la chambre et ce corps allongé le long du lit, à moitié dissimulé, ce corps que j'avais pensé être celui d'un cadavre, un conciliabule secret, et enfin notre départ précipité, après que tout eut semblé disparaître de ce qui était arrivé tant l'appartement paraissait vide.

Je finis par m'en convaincre : ces quelques heures, dont je pressentais qu'elles disparaîtraient bientôt de ma mémoire, s'étaient déroulées dans mon ancien quartier, près du passage de l'Union. Il fallait que j'en aie le cœur net. Il fallait que je sache si c'était vraiment par hasard que mon père avait acquis ce studio où tout semblait avoir commencé, là où pouvaient s'être noués des liens obscurs avec l'*Abwehr*... Je cherchai au plus profond de ma mémoire. Ce studio, au moment où nous voulions l'acheter, je me souviens qu'un homme nous l'avait fait visiter. Lui aussi avait un fort accent étranger, lui aussi portait un costume sombre croisé haut qui ne lui conférait aucune élégance. Je me souviens qu'il avait tenu d'emblée à nous préciser qu'il n'était que le représentant du propriétaire, un investisseur qui voulait se débarrasser d'un bien « qu'il avait acquis il y a longtemps, peut-être même avant la guerre, mais qui ne lui était plus d'aucune utilité ». À l'époque, cette phrase et la précision qu'elle contenait m'avaient intrigué, mais je n'y avais pas porté une attention particulière – la vie des affaires, m'étais-je dit. Ce qui devenait inutile devait être vendu… C'était là le seul souvenir qui me revenait à l'esprit. Qui pourrait alors m'en dire plus ? Le notaire dont je retrouverais bien le nom en fouillant dans mes papiers, mais dont je me souvenais qu'il avait pris sa retraite quelque part en banlieue. Ma mère ? Elle semblait ne jamais avoir été vraiment au courant des activités de mon père ; elle avait même pris grand soin de ne jamais rien en savoir. « Aux hommes l'argent, aux femmes les manteaux de fourrure », me répondait-elle dans un charmant sourire chaque fois que je désirais en savoir davantage – un sourire doux et mystérieux, mais qui n'avait plus rien de maternel. L'une de ses sœurs, la mère de ma cousine chez qui je dînais si souvent il y a maintenant près de vingt ans ? Rare survivante d'une époque révolue, elle était peut-être ma dernière chance d'apprendre quelque chose.

Ma tante habitait Versailles, cette étrange ville de province aux abords de Paris, humide et catholique. Versailles… J'en connaissais le chemin par cœur depuis l'enfance, même si j'avais pris soin de ne plus y aller depuis longtemps. Le dimanche qui suivit, par une matinée ensoleillée, je décidai de m'y rendre en voiture. Il me suffisait de rejoindre le tunnel de Saint-Cloud, qui n'était plus aussi sombre et inquiétant depuis qu'on en avait doublé l'accès et l'avait fait précéder d'un autopont au début des années soixante-dix, puis de m'engager sur la vieille autoroute de Normandie, celle des vacances de mon enfance, quand j'étais encore rassuré, seul à l'arrière de la 404 familiale. Après, il n'y avait plus qu'à se laisser glisser, par-delà le haras de Jardy et des vastes avenues bordées d'arbres, jusqu'à ma destination : la rue des Réservoirs dont on m'avait dit un jour, et sur le ton de la confidence, qu'au 28, en face de la Brasserie du théâtre, elle avait abrité après-guerre l'écrivain Maurice Martin du Gard, « qui avait rendu quelques services à notre famille au début des années quarante alors qu'il tenait la chronique de Vichy »...

Arrivé sur place, la seule vue de l'immeuble datant du dix-huitième siècle où résidait ma tante me rappela nos anciennes fêtes de famille. Nous y avions passé la plus grande partie des vacances de Noël, mais nous cessâmes un jour de nous y rendre en raison de la mort soudaine de mon oncle, que les adultes qualifièrent de prématurée, alors même que je le trouvais déjà vieux. Un *fatal accident cardiaque*, m'avait-on dit en guise d'explication, l'année de mes treize ans, *mais qui le sauve*. Sauver de quoi ? Nul ne prit jamais la peine de me le dire.

Depuis cette époque, ma tante vivait seule dans leur vaste appartement du deuxième étage dont mon père nous rappelait toujours en arrivant qu'il n'était pas le plus noble, ce qui me laissait penser qu'il l'était tout de même un peu et me faisait regarder avec une admiration certaine mes cousins versaillais dont j'imaginais qu'ils ne vivaient pas dans cette ville tout à fait par hasard. On accédait à l'appartement par un escalier de pierre intérieur qui avait cette particularité d'être en pente très douce, ce qui le rendait à la fois interminable et facile d'accès pour tout le monde, une facilité qui avait toujours rendu inutile l'installation d'un ascenseur. La porte d'entrée à double battant était la seule à son étage, hormis une étroite porte dite de service sur le côté gauche du palier – deux caractéristiques qui me paraissaient le luxe réservé à cette classe sociale à laquelle je doutais à l'époque d'appartenir.

Je songeais à ces souvenirs d'enfance quand ma tante vint m'ouvrir. Son allure était toujours la même : un pantalon de toile beige légèrement évasé, un chemisier de soie colorée, un châle de laine négligemment posé sur les épaules de son corps longiligne, le tout agrémenté d'une grande quantité de bijoux fantaisie dont elle ne pouvait se passer. « Elle a un petit côté Saint-Tropez », disait autrefois ma mère, sans que je réussisse jamais à savoir ce qu'elle avait à l'esprit, ni quelles rivalités avaient pu exister entre elles. Ma tante était aujourd'hui une très vieille femme, et le soin qu'elle mettait à se coiffer et se maquiller n'y changeait rien. Elle me dévisagea et, avant de me faire asseoir dans un salon très années soixante aux couleurs désormais délavées, me fit le reproche de ne jamais venir la voir. « Et pourtant je ne peux en vouloir à l'insouciance de ton âge, car tu n'es plus si jeune que cela, n'est-ce pas ? » Et après un silence : « Ta cousine aussi s'en plaint et pourtant elle continue à vivre boulevard Saint-Germain, dans son fameux deux-pièces que tu as tellement fréquenté à une époque et qu'elle n'a jamais quitté, au contraire de toi qui, je crois, n'habites plus dans cet affreux studio du passage de l'Union. » Pourquoi parlait-elle de *l'affreux* studio du passage de l'Union ? « Ce studio, mon cher, je ne l'ai jamais beaucoup apprécié. À l'époque, j'avais reproché à ton père de l'avoir acheté. Ce studio, crois-moi, nous aurions dû l'oublier… » À peine sa phrase terminée, elle était passée à autre chose et m'interrogeait sur les raisons de ma venue si soudainement annoncée. « C'est justement pour venir te parler de ce studio *que nous aurions dû oublier* », lui répondis-je. Je n'eus pas besoin d'en dire plus. Peut-être voulait-elle me parler depuis longtemps de cette époque – et peut-être *avant qu'il soit trop tard*.

Durant cet après-midi-là, j'en appris beaucoup en quelques heures. Tout commença par le rappel des grandes tables où nous déjeunions longuement les jours de fête. Il y avait là mes parents, mes oncles et mes tantes, mes grands-parents maternels, mes cousins, et aussi une arrière-grand-mère dont je me souviens qu'elle cachait toujours son visage quand nous décidions de la photographier avec nos Instamatic – ce qui nous faisait rire et nous incitait à revenir à la charge pour mieux la faire enrager. Tout à nos jeux d'enfants, galopant d'une pièce à l'autre, souvent excusés de quitter la table avant même la fin d'un repas qui n'en finissait pas, mais à la condition d'y revenir pour le dessert, impatients d'ouvrir nos cadeaux disposés au pied du sapin, nous n'imaginions rien de la scène tragique mais silencieuse qui se jouait entre grandes personnes.

Plus âgés que mon père, certains étaient déjà de jeunes adultes au début des années quarante, et ils n'avaient pas hésité à faire des choix. Me revenait en mémoire le visage de cet oncle, magistrat de carrière depuis l'immédiat après-guerre, toujours vêtu d'un sombre costume trois-pièces dont les fines rayures et l'éternelle pochette blanche m'impressionnaient, qui nous parlait des heures durant de sa pratique amoureuse du violon. Il avait été aviateur et Résistant – et plutôt de premier plan. Mais de cela, il ne nous disait jamais rien et il fallut attendre sa mort tardive pour qu'un soir, convié par ses enfants dans son appartement où il vivait seul depuis la mort de sa femme, fouillant dans d'anonymes et vieux cartons, nous finîmes par trouver fanions, lettres et photographies de cette époque lointaine et révolue, celle d'un maquis que nous n'arrivâmes pas à situer exactement – quelque part dans le sud-ouest de la France, peut-être du côté de Bordeaux qu'il avait contribué à libérer. Je me souvenais aussi d'un oncle qui avait épousé en secondes noces l'une de mes autres tantes et que chacun savait très riche. Entrepreneur de travaux publics, il avait penché nettement de l'autre bord – « parce qu'il fallait bien faire vivre le personnel de son entreprise et leurs familles, plusieurs centaines de personnes », selon ce qu'on m'en avait dit un jour pour mettre un terme à mes questions d'adolescent indiscret.

Et que dire de mon grand-père qui semblait régner sur cette assemblée ? Un homme affable et souriant dont je me souviens seulement qu'il nous prenait sur ses genoux, mais dont ma tante allait bientôt me révéler qu'il n'était pas le paisible avoué de province que je croyais.

Pour dissiper l'impression d'insouciance et de bonheur que me laissaient ces souvenirs trop vagues, ceux d'un enfant à qui la parole n'avait jamais été donnée, ma tante commença par me tendre une lettre datée du 24 août 1948 et rédigée sur un papier à en-tête du garde des Sceaux. Il y était question en quelques lignes dactylographiées d'une mesure de grâce visant à une « remise totale de la dégradation nationale ». Elle visait mon grand-père. « C'est, disons, notre secret de famille. La condition mise pour que ton oncle, Résistant *mais* israélite, comme on disait à l'époque, puisse épouser l'une de tes tantes », me dit-elle, avant d'ajouter, sarcastique : « C'est peut-être ce qu'on appelle le pardon des offenses... » Je tenais ce papier jauni entre mes mains. Interrogatif. Comment tous ces êtres avaient-ils pu déjeuner ensemble, jouer durant à peu près deux décennies la comédie des réunions de famille, sans rien laisser transparaître ? « Oh ! mais cela transparaissait, crois-moi ! Tu étais néanmoins trop jeune pour t'en apercevoir, et puis il faut bien dire aussi que tous, autour de la table, quel que fût leur passé, s'employaient à oublier les années de guerre. Plus nos propos étaient futiles et anodins et mieux nous nous portions. Et sur ce registre, je peux te dire que ta mère jouait les premiers rôles ! Que n'avons-nous échangé sur les mérites des machines à laver et le bonheur des soirées tropéziennes ! Et puis il y avait aussi ton oncle – le seul à avoir résisté car feu mon mari ne valait pas mieux que les autres – qui ne cessait de nous vanter les mérites de la musique, propre, répétait-il, à adoucir les mœurs – lui qui s'était aussi réfugié dans la magistrature pour n'avoir plus rien à dire et à personne, mais que tous prenaient grand soin d'écouter sur la musique pour ne pas avoir à parler d'autre chose ».

Qu'avait bien pu commettre mon grand-père de si répréhensible pour faire l'objet de cette mesure ? Après la lettre de remise de peine, ma tante me tendit un dossier qui contenait différents documents dont de nombreuses coupures de presse de l'époque, celle des années ayant suivi la Libération. 1947 : il y était beaucoup fait mention d'une famille Marquet ayant commercé avec l'armée allemande, mais aussi d'un « avoué dévoyé qui avait lui-même trempé dans bien d'autres affaires ». Suivaient dans l'un des articles, le mieux documenté, des noms d'individus et de sociétés ayant entretenu des rapports plus ou moins fructueux avec l'occupant, des indications de lieux, des dates, des montants de chiffres d'affaires et de bénéfices, tout un trafic qui s'était étalé sur plusieurs années, entre les premiers mois de 1941 et la fin 1943. Le nom de mon grand-père y apparaissait à plusieurs reprises. Quelques lignes plus bas, je vis mentionné celui « d'un célèbre ferrailleur de Clichy, de sinistre mémoire », dont il semblait avoir organisé une partie du commerce illicite. Mon grand-père aurait-il pu être mêlé d'une quelconque façon aux activités de cette famille Marquet et de Monsieur Joseph ? Aurait-il pu être leur conseiller juridique à un moment ou à un autre, lui dont on m'avait toujours dit qu'il n'avait jamais souhaité plaider durant ces années troubles, celles de l'Occupation puis de la Libération, « pour éviter de se compromettre », lui dont le titre d'avoué prouvait qu'il était spécialisé dans les seules questions de procédure ?

« Ces papiers, je suis à peu près la seule à les connaître, me dit ma tante. Dans les années soixante, plus personne ne voulait en entendre parler. Nous étions passés à autre chose – comme tout le monde. Moi-même je n'ai pas voulu creuser tout cela. C'étaient les débuts de la société de consommation, d'une société moins rigide ou moins guindée dont nous avions tant besoin… Mais crois-moi, quand ton père a acheté le studio du passage de l'Union, je ne m'en suis pas réjouie. Lui et moi savions fort bien ce qui s'y était joué quarante ans auparavant... » J'avais beau chercher, je ne comprenais plus rien : mon père était enfant pendant la guerre, comment avait-il pu être mis au courant des agissements de son beau-père, et quelle importance l'achat de ce studio pouvait-il avoir à ses yeux ? « Peut-être avait-il un compte à solder ou une dette à payer, peut-être avait-il choisi ce moyen pour tenter lui aussi de comprendre, me dit-elle sans plus de précision. La seule chose que je sais, c'est que tout a commencé là-bas, je veux dire avec le ferrailleur de Clichy, à cet endroit précis, et que la famille ne s'en est jamais vraiment remise. Et toi pas plus que les autres. N'es-tu pas devenu avocat ? Ne t'es-tu jamais interrogé sur ton acharnement à traiter du crime et de la délinquance ? » Et d'ajouter en me regardant droit dans les yeux, d'un air vaguement ironique : « Plus que les autres, tu devrais pourtant savoir que prouver l'innocence des individus est une tâche vaine, car nul n'est innocent en ce bas monde, n'est-ce pas mon cher neveu, pas plus ton grand-père que les autres. Quant au rachat des fautes, laisse-moi en rire ! »

À cet instant, j'aurais voulu la faire taire, car je trouvais qu'elle s'égarait avec cette digression grandiloquente sur ma profession et les raisons que j'avais de l'exercer. Mon père, qui avait souffert de la guerre, ne voulait-il pas avant tout que je m'établisse en m'initiant à la vie des affaires ? Et n'étais-je pas devenu avocat sinon contre sa volonté, du moins sans son assentiment ? À cet instant, elle me sourit. « Tu te souviens, j'imagine, de tes petits pèlerinages au cimetière du Père-Lachaise sur la tombe de Floriot, au moment où tu préparais le concours de la conférence ? Eh bien tu verras, dans les papiers que je vais te donner, que c'est ce même Floriot qui a défendu ton grand-père à la Libération, et plutôt pas mal puisque celui-ci a réussi à échapper au pire – les trois balles dans la peau que beaucoup lui promettaient – et s'en est sorti avec cette peine de dix ans d'indignité nationale que tout le monde a fini par oublier. Pas mal, hein, pour le jeune homme prétendument libre que tu étais, pour celui qui avait décidé de rompre les amarres familiales et de se lancer dans la défense pénale ? Crois-moi, en la matière, tu étais en pays de connaissance… »

Je l'arrêtai, j'en avais assez entendu. Redevenue silencieuse, les traits tirés, ma tante me remit une liasse de documents afin, me dit-elle, que j'en fasse le meilleur usage. « Après tout, tu es avocat et peut-être qu'en cherchant un peu tu réussiras à renouer les fils de l'histoire familiale. Et n'oublie pas que les lieux peuvent nous en apprendre autant que les êtres sur les faits. À ce propos, tu devrais retourner boulevard Saint-Germain pour y voir ta cousine. N'est-ce pas elle qui t'a initié à la lecture et appris à rêver un peu, ce dont crois-moi nous avons tous besoin ? Tu lui as emprunté autrefois tellement de livres, et peut-être ceux de cet écrivain dont tu m'as parlé au téléphone et qu'elle admirait tant… Alors, mon cher neveu, ne la néglige pas, et n'oublie pas ta jeunesse : ta cousine et toi partagez le même pedigree, que tu le veuilles ou non. »

Du plus loin de l'oubli

Comment renouer les fils dont me parlait ma tante ? Comment me plonger au plus profond d'une mémoire dont les acteurs principaux avaient depuis longtemps disparu ? Il ne me restait que les morceaux épars d'un vaste puzzle sur lequel je n'avais aucune vue d'ensemble. De maigres souvenirs d'enfance, les propos énigmatiques que je venais d'entendre, quelques liasses de vieux papiers relatant d'anciens trafics. Et surtout, fallait-il à nouveau se pencher sur ce passé familial ? Qui cela pouvait-il intéresser ? Ma tante et sa fille peut-être, ma mère sûrement pas, ni mes cousins dont les vies, pour autant que j'en ai conservé la trace, avaient depuis longtemps pris un autre cours. Quant à leurs enfants, ils appartenaient désormais à un monde où le goût des voyages avait supplanté celui de l'histoire. Ne restaient que moi et mes obsessions, ce qui faisait somme toute assez peu.

Devais-je alors convoquer mon client, François Yoanovitch, et son frère, et la mystérieuse Hélène qui était venue témoigner à la barre, pour justifier mes investigations ? M'avaient-ils choisi comme avocat par hasard ? Et pourquoi mon client avait-il pris soin de me raconter l'histoire de sa sœur disparue, et pour quel motif ne m'avait-il rien dit des liens unissant ses parents à Monsieur Joseph, tout en m'enjoignant de n'en rien révéler ? Mais surtout il y avait lui, qui était venu m'observer un soir d'été passage de l'Union et à qui je n'avais plus échappé par la suite, lui qui m'avait entraîné dans cette folle aventure. Pourquoi avait-il fait tout cela ? Je ne pouvais imaginer qu'il eût agi sans intention. Peut-être me revenait-il de résoudre son énigme, celle de la jeune France et de sa disparition. Avant de me quitter, n'avait-il pas tenu à me dire qu'elle vivait encore, mais qu'il aurait été dangereux de se mettre à sa recherche ? Loin d'une mise en garde, ces mots n'étaient-ils pas un défi ? N'avaient-ils pas été prononcés pour aiguiser ma curiosité ? Ne souhaitait-il pas en définitive que j'agisse à sa place, en quelque sorte par procuration ?

J'en étais à ces réflexions quand je pris conscience que mes pas m'avaient à nouveau entraîné vers le passage de l'Union. Nous étions quelques semaines seulement après mon séjour à Versailles. Entre deux plaidoiries au Palais et sans vraiment l'avoir voulu, je n'avais cessé d'arpenter les rues de Paris, toujours dans ce même quartier : entre Saint-Germain-des-Prés, où vivait ma cousine, et l'avenue Bosquet. Le plus tard possible dans la nuit et jusqu'aux premières lueurs du jour. Mais à quoi servait-il maintenant de me tenir devant l'immeuble où j'avais vécu de longues années auparavant et d'y observer les deux fenêtres qui donnaient sur mon ancien studio ? J'avais beau rester sous le porche qui séparait l'étroit passage de la rue, à l'endroit même où je l'avais aperçu pour la première fois, cela ne changeait rien. Peut-être aurait-il fallu que je l'interroge ? Mais, en dépit de sa notoriété, je n'avais aucun moyen de le joindre, tant il prenait soin de se dissimuler, et je savais qu'il ne reviendrait plus ici. Trop loin de la station Ségur et de la rue Léon-Vaudoyer où il allait, jadis, visiter sa grand-mère. Le VIIe arrondissement n'était plus son quartier. Trop central, trop bourgeois. Et puis à quoi bon l'interroger ? Bien qu'il ne m'eût pas dit la vérité, mon client était le seul qui pouvait me livrer de nouveaux indices. Il fallait que j'aille lui rendre visite.

C'est alors que, revenu à mon cabinet, je reçus un appel téléphonique de son frère. Le timbre de sa voix était inhabituel, et son rythme plus saccadé que lors de nos conversations passées. Au début, je ne compris pas où il voulait en venir. Il était question de portes closes, d'un corps immobile, de tours de garde, de négligence et de vomissures. Il ne me fallut pas très longtemps néanmoins pour comprendre que mon client était dans le coma – *et qu'il n'en reviendrait pas*. Martelée plusieurs fois, violente et se voulant définitive, l'expression m'avait marqué : « Il n'en reviendra pas, comprenez-vous, maître ? Il n'en reviendra pas ! » Seul dans sa cellule, son frère avait eu beau appeler ses gardiens à plusieurs reprises au cours de la nuit, ceux-ci n'avaient, semble-t-il, pas accordé d'importance à ses cris puis à ses gémissements. Des cris et des gémissements, il y en avait d'ailleurs tant dans les prisons que personne ne leur accordait plus vraiment d'importance – ceux de mon client pas plus que ceux de tous les autres. Peu avant minuit, pris d'un malaise, ce dernier avait vomi avant de chuter derrière la porte de sa cellule dont il avait obstrué l'entrée. Au cours de leurs rondes régulières, les surveillants n'auraient alors rien vu de son corps inerte, avant de ne plus rien entendre. Ce n'est qu'au petit matin, devant son absence de réaction, qu'ils auraient forcé le passage de sa cellule pour le trouver étendu sur le sol, face contre terre, inanimé, baignant dans ses vomissures et respirant à peine. La situation était à ce point sérieuse qu'il avait été transféré d'urgence à l'hôpital.

« L'administration pénitentiaire est responsable, n'est-ce pas ? Il faut faire quelque chose ! » Je lui répondis qu'il fallait d'abord prendre de ses nouvelles. Le lendemain, je passai plusieurs coups de fil durant une grande partie de la matinée, m'y reprenant à de nombreuses reprises, car il est toujours difficile de joindre les uns et les autres, surtout dans ce genre de situation où tous se renvoient la balle : administration pénitentiaire, juge d'application des peines, établissement hospitalier… Mais ce que je compris, c'est qu'il était déjà trop tard : mon client était mort dans la nuit. Un arrêt cardiaque, m'avait-on dit, la suite du malaise qu'il avait fait la veille, une suite irrémédiable, indépendante de l'inattention de ses gardiens qui, m'assurait-on, « n'avaient jamais traité ses récriminations et ses plaintes – nombreuses – avec légèreté ».

Avant même une quelconque autopsie, nul n'en doutait. Cette assurance et la justification hâtive de cet « accident rare et regrettable » prenaient la forme d'un aveu. Elles masquaient quelque chose qu'il fallait découvrir. Nous devions agir au plus vite avant la disparition des derniers indices. J'étais décidé à m'y employer, à y mettre toutes mes forces, malgré mon abattement…

Me revinrent à cet instant en mémoire nos nombreuses discussions avant son procès, au fil des mois de parloir. Est-ce que tout cela devait finir ainsi ? Mon client avait tenté par tous les moyens d'échapper à un destin tragique, celui de sa famille, mais en vain. Il avait pris soin de ne vivre que la nuit, refusant l'exposition au jour, n'exerçant aucun métier stable, vivant d'expédients et des subsides de son frère, passant l'essentiel de ses jours à lire, seul, planqué dans sa chambre de la rue Albert-Samain, et voici que ce destin le rattrapait. Peut-être était-il écrit que, pas plus que les autres, il n'échapperait à la violence. Ce n'était pas celle des camps, bien sûr. Lui ne s'était pas laissé emmener de force. Il ne s'était pas incliné devant une brute qui, l'ayant qualifié de « tricard », voulait lui faire la peau. Il avait résisté. Tel était le sens de son geste meurtrier, celui que j'avais plaidé, mais pour quel résultat ? Finir sa vie en cellule, et dans ses propres vomissures.

À quoi bon alors tenter de s'échapper ? Nul parmi nous n'en avait les moyens. Mes plaidoiries, celles où se jouait à peu près toujours la même scène, me l'avaient appris : peu de liberté nous était accordée, pas même celle de nous extirper d'un passé nous ayant précédé et sur lequel nous n'avions aucune prise. Et quand nous nous y essayions, nous prenions le risque d'un rappel à la loi. J'en avais à nouveau la preuve ce matin. Plus intime que les autres peut-être, mais nullement surprenant.

Il fallait que je prévienne son frère. À peine joint par téléphone, avant même de lui parler, il avait compris le sens de mon appel. Il savait bien que cela finirait ainsi. Nulle surprise : la mort de François n'était-elle pas conforme au sort réservé aux membres de sa famille ? Lui seul en réchappait, lui seul avait trouvé sa place, mais à quel prix : en marge et après avoir choisi de reprendre le métier de ferrailleur, sans s'éloigner de Clichy, là où il se sentait protégé, sans jamais dire un mot non plus, sans protester ni chercher à comprendre. « Mais cela, maître, mon frère ne l'entendait pas, il ne s'est jamais remis de notre enfance, et il n'a jamais admis que vivre la nuit n'y changerait rien. »

Les marges, Clichy et la ferraille… je commençais à comprendre le sens de ses confidences, les premières depuis qu'il m'avait confié la défense de son frère : il existait un lien entre eux deux et Monsieur Joseph, j'en étais certain désormais. Mais il ne me disait rien de sa sœur. « François vous a donc parlé de notre sœur, celle que nous n'avons jamais connue et dont l'ombre a plané sur notre enfance ? », me répondit-il, sans paraître surpris par ma remarque. « Notre sœur est-elle morte dans les camps ? Est-elle encore vivante et se cache-t-elle quelque part, anonyme ? Je n'en sais rien et je n'ai jamais voulu le savoir. De ma sœur, nous parlions peu, mais je sais que, de sa recherche, mon frère avait fait une obsession. Il s'en était souvent ouvert à cette femme, celle qui nous avait donné votre nom lors de son arrestation. »

De quelle femme s'agissait-il ? Était-ce Hélène, celle qui était venue témoigner en se présentant comme sa petite amie ? « Non, vous n'y êtes pas, maître, son nom m'échappe, mais c'était une femme blonde, encore assez jeune, qui nous avait dit bien vous connaître et avoir même partagé quelques mois votre vie quand, étudiant en droit, vous résidiez dans le VIIe arrondissement de Paris. Une journaliste, je crois, ou du moins l'avait-elle été à une époque. Pigiste peut-être, cantonnée aux faits divers… » Je ne comprenais plus, ou plutôt je comprenais que le choix de mon nom n'avait pas été dû au hasard. « Je vois très bien de qui vous parlez, lui répondis-je en tâchant de ne pas trahir mon trouble, mais quel lien unit cette femme à votre sœur ? » Un silence, et puis : « Ce lien, je ne le connais pas vraiment, et je n'ai d'ailleurs jamais cherché à le connaître, mais ce que je peux vous dire, c'est qu'elle savait beaucoup de choses. Pas tout, peut-être, mais beaucoup. »

Ayant raccroché sans en avoir appris davantage, je restai un long moment assis, immobile, au milieu de la pièce qui me servait de bureau. Sur les étagères, sur la table basse entre deux bergères, à même le sol, dans le plus grand désordre, il y avait là, empilés les uns sur les autres, de nombreux dossiers cartonnés et sanglés, aux couleurs claires afin de mieux faire ressortir les noms de mes clients, noms propres tous marqués au feutre sur la tranche, et tous suivis de l'indication : « Contre Ministère Public ». Il s'agissait des dossiers, plus ou moins volumineux, qu'on disait « vivants », ceux qui n'avaient pas été classés et archivés. Autant d'affaires pénales en cours, autant d'actes de procédure, d'enquêtes, d'interrogatoires, d'expertises diverses, mais aussi de parloirs hebdomadaires et d'audiences de plaidoiries, et autant de violence et de vies brisées.

À nouveau, je ressentis un sentiment de lassitude. Cela faisait maintenant combien d'années que je me battais pour les uns et les autres ? Quinze, vingt ans, peut-être plus. Ne restait rien de l'excitation de mes débuts. Les succès d'audience n'y changeaient rien, ni l'importance de mes dossiers. Aujourd'hui, mon client était mort et j'étais à peu près sûr de ne plus retrouver la trace de cette jeune femme blonde issue d'une jeunesse lointaine. Tu envoyais jadis tes articles aux salles de rédaction, sans y passer, et sans jamais laisser d'adresse. Tout au plus aurait-on parfois le souvenir d'une jeune pigiste, douée peut-être, pleine de promesses, mais qui n'avait plus donné de nouvelles depuis longtemps. Ne restaient que quelques coupures de presse, à la rubrique des Faits divers. Toi aussi tu m'avais échappé. Qui était cette jeune femme que j'avais croisée il y a longtemps, dont j'avais même partagé la vie, et que je croyais connaître ? Que cherchais-tu à savoir de moi à l'époque ? Quel secret m'avais-tu dissimulé ?

Il arrive parfois dans une vie qu'on soit dans une impasse. Il n'y avait plus rien à faire, sinon se soumettre à la routine et continuer à vivre et à donner le change. Mais voulais-je vraiment *donner le change* ? Et en avais-je encore le courage ? Je commençais à comprendre les raisons secrètes et inavouées qui m'avaient poussé à devenir avocat. Elles n'avaient rien à voir avec mes admirations de jeunesse et les propos de ma mère qui s'amusait quand je lui racontais les exploits de plaideurs à crinière blanche et voix tonnante auxquels, adolescent, je m'identifiais. Elles n'avaient pas plus à voir avec les chroniques judiciaires des actualités télévisées que je regardais encore sur des écrans en noir et blanc. « Le curé d'Uruffe » ou « L'empoisonneuse de Loudun » : tout cela n'était que de la blague, des contes pour enfants, des histoires destinées aux jeunes gens pour les tenir éveillés dans un monde de grisaille, de chronomètres et de béton armé. Donnez-nous du mystère et des rêves, oh oui des rêves, avais-tu écrit dans ta jeunesse, car il fallait bien conférer un peu de mystère et de charme à cette vie que nous devrions tous bientôt affronter. Mais c'était nous cacher l'essentiel. Pourquoi vivais-je éternellement au cœur des années de guerre, pourquoi étais-je devenu avocat en fuyant la vie que m'offrait mon père, et pourquoi être allé me recueillir sur la tombe de Floriot, sinon pour payer la dette de la génération précédente ? Je commençais maintenant à le comprendre, derrière le rose le noir, mais j'étais devenu adulte et il était trop tard. Alors je repris le cours de ma vie. Mon client était mort et l'enquête ne donna rien. Avec lui disparaissait un témoin modeste d'une époque dont, à vrai dire, plus personne ne se souciait. À quoi servait-il de remuer cette boue ? N'était-ce pas dérisoire ? Car, enfin, cher maître, l'humanité a d'autres chats à fouetter, et d'une autre importance.

Ne lisez-vous donc pas la presse et ce qu'on y dit sur les désordres climatiques ? Si je voulais avoir une dernière chance de vivre avec mon temps, il fallait que je renonce à mes chimères, et que décidément je ne cherche plus à fouiner dans un passé révolu. C'était la seule voie raisonnable, ma seule chance peut-être, en dépit de mon manque de courage. *Donner le change...*

Le dossier Yoanovitch archivé, je n'entendis plus parler de rien. Longtemps. Et puis, un soir de printemps, peut-être par hasard, alors qu'une nouvelle fois je me laissais glisser, pensif, le long du boulevard Saint-Germain, je le revis. Il était assis à la terrasse d'une brasserie, à l'angle de la rue de Solférino, au milieu de touristes dont aucun ne l'avait reconnu. C'était peu avant son prix Nobel. Il sirotait quelque chose, le regard ailleurs, fuyant, inquiet comme à son habitude. *Chien de printemps...* Pourquoi l'ai-je abordé ? Pour en finir avec cette fameuse nuit ? Pour tâcher une dernière fois de lui extorquer des explications ?

Ce dont je me souviens, c'est de son sourire quand il me fit signe de venir m'asseoir près de lui. La peur semblait avoir disparu. « Vous vous souvenez bien sûr que c'est au 10 de la rue de Solférino qu'ils sont venus exécuter Philippe Henriot, au petit matin du 28 juin 1944 ? Un groupe de Résistants dirigé par Charles Gonard », me dit-il d'une voix presque enjouée et sans abandonner son sourire, avant d'ajouter : « Vous saviez qu'il avait ensuite passé près de trente ans au Maroc, à diriger la Compagnie chérifienne des textiles ? Peut-être pour échapper au destin d'*affreux* qui lui collait à la peau après cet assassinat qui donna lieu à tant de représailles… »

C'est ainsi qu'il m'accueillit. Il n'avait pas changé. Les cheveux avaient certes blanchi. Et il portait désormais de grosses lunettes d'écaille. Le 10 de la rue de Solférino ? Je le connaissais bien sûr. Après avoir abrité le ministère de l'Information durant la guerre, après avoir accueilli tant de collaborateurs, n'était-il pas devenu le siège du parti socialiste ? À cette évocation, chacun de nous sourit, comme si nous révisions nos gammes.

Je décidai le premier de rompre le silence. « J'imagine que vous n'ignorez pas que Yoanovitch est mort et que, malgré mes démarches, nous n'avons jamais pu connaître le fin mot de l'histoire. » Il savait tout cela. Il savait aussi que son frère n'avait pas souhaité pousser plus loin les investigations. À quoi bon s'acharner ? François était mort et ne reviendrait pas. Alors je l'entendis murmurer pour lui-même ces mots tristes d'un écrivain oublié depuis longtemps que nous étions si peu nombreux à lire encore : « Et ce sera l'atroce amertume de notre vieillesse, que d'avoir été amenés par la vie jusqu'au pied du mur massif et aveugle, et d'y heurter notre front jusqu'à la fin. »

De cette fin, je n'avais pas envie, elle ne m'était plus supportable. « Donnez-moi les moyens de repartir ; j'ai beau chercher, je ne comprends rien, et peut-être trouverai-je là-bas les réponses à certaines de mes questions. » Il fit mine de ne pas comprendre. « Les réponses à vos questions ? Êtes-vous encore si naïf ? Vous n'avez pas compris qu'à chaque pas que nous faisons, les choses s'obscurcissent encore un peu plus ? Vous voulez savoir de quels actes s'est rendu complice votre grand-père et pour quelles raisons votre père a bien pu acheter le fameux studio du passage de l'Union ? Et aussi ce qui vous lie aux Yoanovitch et à Monsieur Joseph ? En retournant là-bas, comme vous le dites, avec ou sans moi, vous pensez vraiment l'apprendre ? Cela fait trente ans que je cherche France, dont on me dit qu'elle est encore vivante, et je n'ai rien trouvé. Des conjectures, tout au plus. Vous étiez ma dernière chance, et vous voyez à quel résultat nous sommes parvenus. Contentez-vous de ce que vous avez appris. » Et puis, après un long, très long silence : « Et si vous deviez obtenir toutes les réponses, pensez bien que votre vie se refermerait sur vous comme un piège, dans le bruit que font les clés des cellules de prison, celles que vous avez tant fréquentées. »

Ce n'était plus pour moi qu'il parlait ; son regard était vide, ailleurs, sa voix avait changé ; il balbutiait et ne finissait plus ses phrases. « Alors oui, nous heurterons notre front au pied du mur massif et aveugle. Nous y sommes hélas ! condamnés. Enfin, je le suis, et mieux vaudrait pour vous m'oublier et retourner à vos affaires ; vous avez encore de nombreuses années à vivre, et ces vieilles histoires ne vous concernent pas. »

L'oublier, je ne le pouvais plus. Il était allé trop loin. Je le lui dis. « Et puis j'en sais déjà trop, n'est-ce pas, j'en ai trop vu, vous m'en avez trop montré, non ? » Il prit ces mots pour une menace. C'était cela, je voulais le dénoncer, à mon tour. J'étais comme les autres ! Pour la première fois, je vis couler lentement des larmes le long de ses joues. « Vous n'avez pas compris que tous ces gens, tous ceux que nous avons rencontrés cette nuit-là, n'existent plus depuis longtemps, même ceux qui ont survécu à la guerre ? Nous ne sommes plus dans les années soixante ; vous ne les croiserez plus dans les rues de Montparnasse. Ananda Devi n'appartient plus à ce monde ! Vous et moi, nous avons simplement partagé un rêve ; ce n'était qu'un accident nocturne… »

En l'écoutant, je songeais à ces mots anciens de Valéry : « Que deviendrions-nous sans le secours de ce qui n'existe pas ? » Mais depuis quelques minutes, il n'était plus avec moi et continuait de pleurer. « N'essayez pas de repartir, ne me trahissez pas ; ce que nous avons vécu n'appartient qu'à nous. » J'aurais voulu l'entendre, mais j'étais si las. Il me fallait repartir ; je le lui dis une nouvelle fois : j'avais besoin de son aide. Un silence, et puis dans un souffle, je l'entendis murmurer, en ne sachant pas vraiment s'il s'adressait encore à moi : « Après tout, moi-même, *si j'avais su*… Alors faites comme vous voulez ; je ne détiens aucun secret : ce soir, entrez dans la première bouche de métro que vous trouverez, laissez-vous rêver et elle vous entraînera où vous le souhaitez… »

Je compris qu'il était temps de le laisser. Je repris mon chemin et regagnai très vite, sans y prendre garde, la longue rue de Grenelle. J'y retrouvai à peine les souvenirs de ma jeunesse. Où était la chaleur de la nuit ? Et pourquoi les talons des jeunes femmes qui continuaient à claquer sur les chaussées d'asphalte n'avaient-ils plus la même magie ? Étais-je devenu moi-même un vieillard en costume gris ? Il se mit à pleuvoir, tandis qu'une brume légère envahissait la rue ; dans les halos des réverbères les longs immeubles prirent un aspect irréel ; un peu plus loin, l'esplanade des Invalides était toujours la même, trop vaste et trop bourgeoise, quand je vis soudain émerger du trottoir, entouré sur trois côtés d'une balustrade aux plaques de lave émaillée, un escalier éclairé de quatre globes qui diffusaient une lumière étrangement chaude et orangée…

Étais-je déjà arrivé à la station Varenne ? Je savais que, inaugurée en 1923, elle avait été fermée durant la guerre ; ne desservant que des hôtels particuliers désertés par les autorités qui avaient choisi de résider sur les bords de l'Allier, elle n'avait plus de raison d'être et ne rouvrit que bien plus tard, l'année de ma naissance. Et pourtant, elle était là, à mes pieds, et aucune grille ne m'en interdisait l'entrée. Quelques marches à descendre et je m'y engageai. À nouveau un long couloir, de multiples câbles courant le long des murs et, au loin, ce même bruit d'essieu. Déjà je croisais quelques individus dont l'allure n'était plus celle de mes contemporains. Puis, après quelques dizaines de mètres au milieu d'eux, au moment de rejoindre les quais, une fois franchi le portillon, je m'aperçus qu'une femme m'observait. Elle ressemblait à celle que nous avions croisée quand j'étais avec lui, cette fameuse nuit, dans la voiture suivant la nôtre, derrière une vitre. La même taille fine, habillée avec élégance, en tailleur cintré et chapeau à voilette, tenant un sac entre ses mains gantées… Je vis qu'elle était blonde et, malgré les années, cette fois je la reconnus.

« Mes oncles ne l'ont jamais su, et toi-même tu ne t'es jamais douté de rien ; peut-être en raison du grand-père que je m'étais inventé durant nos quelques mois de vie commune : je suis la fille de France et, si tu en es d'accord, ajouta-t-elle aussitôt après m'avoir saisi la main, à compter de ce soir, je te servirai de guide. » À ces mots, enfin rassuré, comme lorsque j'étais enfant, je compris que je ne reviendrais pas ; j'allais à nouveau me fondre dans un passé oublié. Mais, avec elle à mes côtés, grâce à ce que j'espérais apprendre enfin, peu m'importait ce non-retour et ce qui deviendrait aux yeux des autres ma propre disparition. L'homme dont je partageais le goût du rêve ne m'avait-il pas appris, au fil des années où je n'avais cessé de le croiser par la seule lecture, que nos vies sont écrites à l'encre sympathique ?

Cet ouvrage a été achevé d'imprimer
par CPI Firmin-Didot au Mesnil-sur-l'Estrée
pour le compte des éditions Grasset
en août 2021.

Mise en pages par PCA

PAPIER À BASE DE
FIBRES CERTIFIÉES

Grasset s'engage pour
l'environnement en réduisant
l'empreinte carbone de ses livres.
Celle de cet exemplaire est de :
450 g éq. CO_2
Rendez-vous sur
www.grasset-durable.fr

N° d'édition : 22123 – N° d'impression : 165593
Dépôt légal : août 2021
Imprimé en France